EDUARD BLUM

Bergisch
Sünde

Zum Buch

Nicht zu fassen. Kareen Wagenknecht, Chefin der Kripo Gummersbach, ist ja schon allerhand gewohnt. Aber von heute auf morgen drei Mordopfer, das musste wirklich nicht sein. Erbarmungslos getötet und nicht gerade pietätvoll entsorgt. Ihre Ermittlungen nach dem Hintergrund, was die ermordete dunkelhäutige Frau mit Designer Klamotten und High Heels im Wiehler Natur Park zu suchen hatte, laufen ins Leere. Als die Mörder dann selbst dran glauben mussten, wurde es so richtig spannend. Und ob das alles nicht schon genug wäre, hängt ihr Lebensgefährte auch noch im Schlamassel mit drin. Es geht hart an die Grenzen ihrer Belastbarkeit, doch da zeigt sich, dass sie ein Team hat, das hinter ihrer Chefin steht. Auch Blumberg, ehemals Leiter der Kripo Köln und Max, der Chef aller Polizeihunde, lassen nicht eher locker, bis das Bergische wieder sauber ist.

EDUARD BLUM

Bergisch Sünde

Kriminalroman

Der dritte Fall für Hauptkommissarin
Kareen Wagenknecht & Co.

Bibliografische Information der Deutschen
Nationalbibliothek:
Die Deutsche Nationalbibliothek verzeichnet diese
Publikation in der Deutschen Nationalbibliografie;
detaillierte bibliografische Daten sind im Internet über
http://dnb.dnb.de abrufbar.

Herstellung und Verlag:
BoD – Books on Demand, Norderstedt
ISBN 978-3-7519-7648-0

Titelbild:
GemeinsamEinsam, Acryl auf Leinwand
Künstlerin Edith J. Blum

1

Angst

Fassungslos hörte sie, was die ruhige sachliche Stimme ihr mitteilte. Von einem Moment auf den anderen bekam sie panische Angst, das Wichtigste in ihrem Leben zu verlieren.

»Koma, sagen Sie?

Nein!«

Ihr glitt das Handy aus der Hand und sie setzte sich benommen an den Tisch, legte den Kopf auf die Arme und die Kollegen sahen, wie ihre Schultern bebten.

»Kareen!«

Alina, die zierliche Türkin, ging zum Kopfende des Tisches und setzte sich neben ihre Chefin. Zaghaft fasste sie Wagenknecht um die Schulter und drückte sie an sich.

»Was ist passiert?«

»Hendrik, er liegt im Koma.«

Im Raum wurde es still. Betroffen blickten alle auf ihre Chefin und dachten an Hendrik. An den Mann an ihrer Seite. Es war ein offenes Geheimnis, dass er die Stütze war, an die sie sich klammerte, wenn der Job sie mal wieder so richtig fertigmachte.

Durch Wagenknecht ging ein Ruck. Sie wischte sich mit der Hand über die Augen, griff zum Handy und entschuldigte sich bei dem Arzt für den Aussetzer.

»Ich komme sofort«, presste sie abschließend

heraus und wandte sich dann mit feuchten Augen ihren Leuten zu.

»Es war das Krankenhaus. Hendrik ist am späten Nachmittag eingeliefert worden. Bewusstlos. Und«, Wagenknecht schüttelte fassungslos den Kopf, »in seinem Arm steckte eine Spritze. Wie bei einem Junkie. Könnt ihr euch das vorstellen?«

»Ach, du Scheiße.«

Es war Henny Strassfeld, der das ausspuckte. Und wenn es auch keiner aussprach, dachten alle sofort an HIV, an Aids.

Das Gesicht von Heike Bachem bekam einen harten Ausdruck. Sie überlegte bereits, was zu unternehmen war.

»Kareen, weißt du, was genau passiert ist?«, fragte sie leise.

»Nur soviel, das Hendrik in eine massive Auseinandersetzung geraten sein muss und dabei das Bewusstsein verloren hat. Ein Rentner mit seinem Hund hat ihn in der Nähe des Wiehler Freizeitpark gefunden. In dieser Natur-Erlebnisecke *Im wilden Wiehlchen*. Mehr konnte der Arzt mir nicht sagen.«

Strassfeld, der in Engelskirchen wohnte, blickte sie fragend an.

»*Im wilden Wiehlchen?*«

»Eine Ecke direkt am Freizeitpark, ein etwas verwilderter Abenteuer-Platz«, erklärte Wagenknecht.

Heike Bachem blickte nachdenklich auf ihre Uhr.

»Es ist schon nach achtzehn Uhr, wieso hat sich das Krankenhaus erst jetzt gemeldet?«

Mit tiefen Falten auf der Stirn nickte Wagenknecht

versonnen. »Hendrik war joggen, ohne Handy und Papiere. Keiner wusste, wer er war. Erst bei der OP hat eine Ärztin, deren Tochter in Hendriks Klasse ist, ihn erkannt.«

»Okay.«

Heike Bachem blickte zu ihrem Kollegen Wolfsbach hin.

»Gernolf, wir müssen uns diese Ecke ansehen.

Jetzt, sofort!

Wenn wir Glück haben, sind dort noch Leute, die etwas mitbekommen haben.«

Zustimmend nickte die Hauptkommissarin.

»Okay. Hört euch um. Aber dezent, wir dürfen die Menschen nicht verängstigen, denkt an die Kinder. Und kontaktiert die Kollegen in Wiehl. Vielleicht sind die über das Geschehen ja informiert worden.«

Das Gesicht von Wagenknecht wurde schmaler.

»Ich bin jetzt zu Hendrik, wenn etwas ist, meldet euch sofort. Aber da ist noch ein Termin.« Sie blickte zu Schlösser ihrem Stellvertreter hin.

»Martin, du musst dann gleich nach Köln zum Präsidium fahren. Dort ist die Abschlusskonferenz über die Organmorde. Das musst du übernehmen, die Einzelheiten kennst du ja.«

Schlösser nickte halbherzig, er dachte an seine beiden Töchter, die sich mit ihren Freunden abends im Freizeitpark trafen. Er spürte, wie sein Bauch sich verkrampfte und nahm sich vor, sie am Abend daran zu erinnern, dass sie sich dort nie alleine aufhalten sollten.

»Kareen, soll ich dich fahren?«

Besorgt sah Alina ihre Chefin an.

»Danke, es geht schon. Sobald ich weiß, wie es um Hendrik steht, schicke ich euch eine App.«

Fast geräuschlos fuhr Heike Bachem auf den Parkplatz am Freizeitpark. Da ihr Kollege Wolfsbach noch schnell was zu erledigen hatte, fuhren sie getrennt. Doch er war bereits da, stand an seinem Porsche und blickte in ihre Richtung. Sie parkte direkt neben ihm, stieg aus und ihr fiel auf, wie schlecht er aussah. Normalerweise schon ein heller Typ, wirkte er jetzt direkt käsig.

Forschend sah sie ihn an.

»Ärger gehabt?«

»Ach, nichts wirklich Schlimmes, mein Vater hat mich nur mal wieder furchtbar genervt.«

Ihr fiel ein, dass am Mittag ja ein Besuch des Herrn Staatssekretär Dr. Wolfsbach mit einer Abordnung des Landtags stattgefunden hatte. Deshalb musste sogar eine extra Streife eingesetzt werden. Die Delegation wollte sich überzeugen, ob die Gelder vom Land zweckentsprechend in das neue Steinmüller-Zentrum Gummersbach investiert wurden. Dort, wo Gernolf seine neue Luxuswohnung hatte. Gesponsert vom Herrn Papa.

»Und, war dein Vater mit den Leuten in deiner Hütte?«

Frustriert nickte Wolfsbach.

»Und wie. Er ist herumstolziert, hat die fremden Leute durch meine Wohnung geführt und betont, dass er mal wieder die richtige Nase für eine

8

zukunftssichere Kapitalanlage gehabt hätte. Es war direkt peinlich, er kann sich einfach nicht zurückhalten.

Aber jetzt zu Hendrik.

Konnten unsere Kollegen aus Wiehl etwas zur Aufklärung des Tatgeschehens beitragen?«

»Nichts. Die waren gar nicht hier vor Ort. Ihre Wache ist ja nicht immer besetzt. Der Rentner, der Hendrik gefunden hat, hat den Notarzt angerufen und die sind dann direkt mit ihm nach Gummersbach gefahren.«

In Gedanken bei Hendrik hangelten sie sich im Freizeitpark über die Hängebrücke, umgingen die große Rutsche, ließen den Park hinter sich und standen vor dem Schild *Im wilden Wiehlchen*.

»Wow«, meinte Wolfsbach, »das sieht hier ja echt abenteuerlich aus.«

»Wildnis pur«, staunte auch Heike Bachem, die zum ersten Mal in dieser Ecke war. Vor sich sahen sie ein zum Teil naturbelassenes Terrain, das sich in die Landschaft hineinzog. Mit zusammengekniffenen Augen betrachtete sie eingehend das Gelände und ihr Blick blieb an dem Thing-Platz hängen. Ein beklemmendes Gefühl machte sich bemerkbar.

»Dort muss es Hendrik erwischt haben«, sagte sie und zeigte auf den mit Steinen gebildeten Kreis. »Zumindest haben die Leute vom Rettungsdienst das so angegeben.« Nachdenklich blickte sie hinter sich auf den belebten Freizeitpark, dann wieder auf den Thing-Platz und schüttelte den Kopf.

»Hier hat man Hendrik zwar gefunden, okay, doch

die Auseinandersetzung muss woanders stattgefunden haben. Das hier ist viel zu öffentlich und nachmittags tummeln sich hier Familien und Jugendliche.«

Wolfsbach nickte stumm, schlenderte in die Mitte des Kreises und zeigte auf platt gedrücktes Gras.

»Hier muss Hendrik gelegen haben. Die Stelle ist frisch, sonst hätten sich die Grashalme wieder etwas aufgerichtet.«

»Und die Größe stimmt in etwa auch«, kommentierte Heike Bachem. Nachdenklich betrachteten sie die Umgebung, konnten aber weder Spuren einer Auseinandersetzung noch sonst etwas Relevantes entdecken.

»Du hast recht, der Tatort muss weiter hinten im Gelände sein.« Wolfsbach fasste seine Kollegin am Arm und zog sie aus dem Steinkreis heraus. »Nun schnell weg hier, sonst holen uns noch die germanischen Geister«, meinte er grinsend.

»Spinner.«

Heike Bachem machte sich los und ging zügig auf das hintere Gelände zu. Sie musste immer noch an Hendrik denken und stellte sich vor, wie er im Koma lag. Plötzlich bekam sie furchtbare Angst, dass er nicht mehr aufwachen würde. Und sie dachte an das Schreckgespenst Aids. Wenn Hendrik infiziert war, würde das für ihn und Kareen die Hölle bedeuten.

Wolfsbach, der sie eingeholt hatte, bemerkte ihre gedrückte Stimmung und legte einen Arm um ihre Schulter. Aus Gewohnheit wollte sie sich dagegen sträuben, gab dann aber nach. In letzter Zeit hatten sich ihre Gefühle ihm gegenüber geändert. Sie hatte hinter seine arrogante Fassade geblickt und sah einen im Grunde einsamen Menschen, der eine lieblose Kindheit und Jugend erlebt hatte. Zwar immer genug Kohle und Geschenke, doch von Mutterliebe oder Zuneigung seitens seines Vaters keine Spur. Und im Grunde genommen wurde er immer noch vorgeführt. Das hatte der Besuch seines Vaters heute ja wieder einmal gezeigt.

»Ist schon okay, Gernolf«, sagte sie, »ich musste nur gerade an Hendrik und Kareen denken.«

Je weiter sie in das Terrain hineingingen, umso mulmiger wurde es ihr. Sie konnte sich nicht vorstellen, dass sie sich alleine in diese Ecke wagen würde. Kein Mensch würde mitbekommen, wenn sie in Schwierigkeiten geriete.

So musste es Hendrik ergangen sein.

Bestimmt war er auf dem schmalen Waldweg, der tiefer in das Gelände hineinführte, gelaufen, und auf wen auch immer gestoßen. Was dann geschah, konnte er hoffentlich bald erzählen. Sie bemerkte, wie ihr Kollege stehen blieb und den Boden betrachtete. Als sie zu der Stelle kam, fielen auch ihr sofort die Vertiefungen im sandigen Untergrund auf. Verwischte Schuhabdrücke und Schleifspuren waren deutlich auszumachen.

»Hier könnte es passiert sein«, meinte Wolfsbach. »Den Abdrücken nach müssen es zwei Personen gewesen sein, mit denen Hendrik aneinandergeraten ist.«

Heike Bachem fühlte, wie sie eine Gänsehaut bekam. Sie sah direkt vor sich, wie verzweifelt Hendrik

11

sich gewehrt haben musste. Aber da war noch was anderes, das ihr keine Ruhe ließ. Sie konnte nicht glauben, dass so einfach aus dem Nichts heraus Hendrik sich beim Joggen mit miesen Typen angelegt hatte. Dafür war er viel zu besonnen.

Nachdenklich blieb ihr Blick an der mannshoch geschnittenen Buchenhecke hängen, die abseits vom Weg stand. Sie umrundete die Anpflanzung und hätte auf das Bau-Klo, das sich dahinter versteckte, gut verzichten können. Diese Kunststoffkisten, die mittlerweile an jeder Baustelle zu sehen waren, konnte sie einfach nicht ab. Bei ihrem Anblick bekam sie Platzangst und um nichts in der Welt hätte sie sich in so einem Ding eingeschlossen. Die Notwendigkeit dieser mobilen Toiletten sah sie allerdings ein und nach außen hin plädierte sie auch für mehr Präsenz. Manche heimlich in die Ecke gemachte Sauerei könnte vermieden werden, von den ständig zunehmenden Pissecken in der Stadt ganz abgesehen.

Auffordernd blickte sie Wolfsbach an und bemerkte, wie er noch käsiger wurde. Sein Ding schienen diese Klos auch nicht zu sein.

»Das ist dein Part«, sagte sie und zeigte auf das stilisierte Männeken auf der Tür.

»Hier ist deine Männlichkeit gefragt«, setzte sie grinsend nach.

»Wenn es dann sein muss«, stöhnte Wolfsbach und versuchte die Tür zu öffnen.

»Verschlossen.«

Erleichtert wollte er sich abwenden, als er den scharfen Blick seiner Kollegin bemerkte.

»Nimm das Spielzeug, das du immer bei dir hast«, meinte Heike Bachem nüchtern. »Wir müssen uns überzeugen, dass die Kiste clean ist.«

»Clean ist. Ich glaube es nicht.«

Angeekelt schüttelte Wolfsbach den Kopf.

»Wie kann so ein Scheißhaus clean sein?«

Er nahm ein flaches, kurzes Instrument aus einem Lederetui, fummelte an dem Schloss herum und Sekunden später war die Tür offen.

Dann war Totenstille.

Geschockt blickten sie auf das Gesicht der jungen Frau. Registrierten dass viele Blut unter ihren nackten Füßen.

»Mein Gott noch«, flüsterte Heike Bachem und konnte nicht vermeiden, dass sie taumelte. Mehr im Unterbewusstsein bemerkte sie das Wolfsbach sie an sich drückte.

»Scheiße!«

Mehr brachte er nicht heraus.

2

Nümbrecht, Wiehl

Das Wetter versprach einen wunderschönen Tag. Blumberg drehte mit Max eine Runde ums Lindchen und freute sich, dass endlich der Aussichtsturm kernsaniert war. Dass man auf 345 m Höhe wieder die traumhaft schöne Landschaft des Bergischen bewundern konnte. Bei den derzeit leeren öffentlichen Kassen hatte er schon nicht mehr daran geglaubt, dass für die Sanierung überhaupt noch Geld aufzutreiben war. Einige Findige hatten da ein kleines Wunder vollbracht.

Auch Max schien das Geleistete zu würdigen. Jetzt, wo endlich die Absperrungen um die Baustelle abgeräumt waren, sprintete er von einem Stützpfeiler zum nächsten, scannte, ob es einer gewagt hatte, ihm zuvorzukommen und setzte dann mit ernster Miene seinen Hoheitsanspruch in feucht spritziger Form. Anschließend schielte er nochmals prüfend zur Plattform hoch und zufrieden mit der Welt trottete er seinem Chef hinterher.

Blumberg freute sich auf den Abend. Das jährliche Treffen mit einigen ehemaligen Kollegen der Kölner Kripo stand an. Obwohl er seit Jahren im Ruhestand war, ließen die Aktiven in der Dienststelle ihn nicht fallen. Ihr ehemaliger Chef war immer noch einer von ihnen.

In der Vergangenheit von den Kölner Kollegen im Brauhaus Früh geplant, organisierte er diesmal das Treffen. Zünftig, im Wiehler Wirtshaus, mit süffigem Landbier und leckerer Bergischer Küche. Jetzt, wo er daran dachte, lief ihm bereits das Wasser im Munde zusammen. Er hatte es durchgesetzt, dass die traditionelle Regel, dass ausschließlich Kollegen teilnehmen durften, geändert wurde. Schon immer war er der Meinung gewesen, dass die Lebensgefährten bei so einem Treffen dazu gehörten. Sie waren es doch, die zu Hause alles glattbügeln mussten, wenn ihre Partner Tage und Nächte Halunken hinterherjagten und nicht nach Hause kamen. Von der ständigen Angst, dass etwas passieren könnte, ganz abgesehen.

Elsa, die sich sozusagen als Gastgeberin fühlte, war schon seit Tagen nicht mehr ansprechbar. Für sie musste alles auf den Punkt genau stimmen. Sie knobelte mit den Wirtsleuten das Essen aus, kümmerte sich um die Unterbringung in sauberen, bezahlbaren Pensionen und für den Transport der Teilnehmer in der Nacht hatte sie auch gesorgt. Immer im Hinblick auf das schmale Budget, das einigen Kollegen zur Verfügung stand.

Es war ein Tag, wie von dem Chef da oben in bester Laune gemacht, dachte Blumberg, als sein Handy sich meldete. Er kramte in der Jacke herum, nahm es heraus und blickte aufs Display.

Die Nummer kannte er auswendig.

Dienststelle der Hauptkommissarin.

Sie und Hendrik hatte er für den Abend auch eingeladen und freute sich auf die beiden, die er insgeheim schon zu seiner Familie zählte.

»Alina Ysum hier.«

Er hörte, wie ihre Tränen auf das Telefon tropften, spürte, wie sein Magen sich verkrampfte. Es musste etwas Schreckliches passiert sein.

Sie fühlte sich elendig, kaputt, konnte alles noch nicht fassen. Nach den zermürbenden Stunden im Krankenhaus war sie wie betäubt nach Hause gefahren. Die Ärzte hatten sie informiert, dass es Hendrik den Umständen entsprechend gut ginge. Seine Rippenbrüche waren geschient, der Bruch am rechten Arm operiert und die Prellungen behandelt. Um ihn zu schonen, wollten sie ihn erst Stunden später aus dem Tiefschlaf holen.

Waren die Verletzungen schon schlimm genug, machte die quälende Angst, das Hendrik mit HIV infiziert sein könnte, Wagenknecht richtig fertig. Zweifelsfrei war die Nadel, die in seinem Arm steckte, vorher benutzt worden. Bis ein endgültiges Laborergebnis vorliegen würde, konnte es eine Weile dauern. Die Ärzte hatten ihr was von Antikörper und Antigenen erzählt, aber sie hatte das alles wie durch einen Nebel nur halb gerafft. Nur dass ein Schnelltest kein endgültiges Ergebnis sein würde, das hatte sie verstanden.

Ihr standen die Tränen in den Augen, sie sah Hendrik auf der Intensivstation in dem gesicherten Bett liegen, blass, hilflos, widerstandslos. Wie mochte ihre Zukunft aussehen?

Sie stöhnte auf.

Starrte aus dem Fenster auf den beleuchteten Kirchturm, ein Anblick, der sie sonst in eine anheimelnde Stimmung versetzte. Heute konnte sie ihm nichts abgewinnen. Ihre Gefühle waren wie abgestorben.

Schließlich gab sie sich einen Ruck.

So ging das nicht, sie musste sich zusammenreißen. Hendrik brauchte sie, jetzt musste er sich mal an sie anlehnen können. Sie musste ihn aufbauen und für ihn da sein, wenn er in tiefe Löcher fiel.

Und das würde er.

Wenn er vom Naturell her auch ein ungemein positiver Mensch war, die Angst mit Aids leben zu müssen, würde er nicht so einfach wegstecken können. In dem Moment wurde ihr klar, dass sie in den nächsten Wochen ihre Arbeit zurückfahren musste. Zum Glück hatte sie ein tolles Team, auf das sie sich verlassen konnte. Und ihr Chef, Kriminalrat Schneider, würde Unmögliches möglich machen, um ihr zu helfen.

Doch da baute sich noch etwas in ihr auf.

Wut.

Wut auf die Verbrecher, die über Hendrik hergefallen waren. Und wie Heike Bachem ihr per App mitgeteilt hatte, war dort, wo Hendrik in eine Auseinandersetzung geraten war, eine junge Frau auf furchtbare Weise ermordet worden.

In einem Bau-Klo.

Horror!

Blitzartig wurde ihr klar, dass der Überfall auf Hendrik und der Mord in Zusammenhang stehen mussten. Dass es Hendrik noch schlimmer hätte erwischen können. Dass er jetzt schon nicht mehr am Leben sein könnte. Sie merkte, wie sie ruhiger wurde, beschloss zu duschen und hoffte, die Nacht etwas schlafen zu können.

3

Vermisst

Ruhelos ging Ghada Schari durch das Zimmer. Es musste etwas passiert sein, Wafa hätte längst zurück sein müssen, überlegte sie. Ihre Betreuerin Eline hatte Wafa mitgenommen, um sie für ihren Job passend einzukleiden.

Danach käme sie an die Reihe.

Auf ihre Frage, warum sie nicht direkt mitgehen konnte, hatte Eline erklärt, das sei zu riskant. Solange sie keine Papiere hatten, durften sie kein Aufsehen erregen. Und gleich mit zwei auffallenden Schönheiten in der Kölner City schoppen, würde nicht unbemerkt bleiben.

Nein, eine nach der anderen, hatte Eline bestimmt und sie hatten dem nichts entgegenzusetzen. Sie hatten Vertrauen zu Eline und Ruben gefasst. Ihre ständigen Begleiter, von denen sie in dem Auffanglager an der ungarischen Grenze angesprochen wurden und einen tollen Job angeboten bekamen. Einen Traumjob in einer seriösen Messe Agentur in Deutschland. Und seit dem hatten die beiden sich um alles gekümmert.

Anfangs waren sie extrem misstrauisch gewesen, allzu oft hatten sie gehört, dass die Not der Flüchtlinge ausgenutzt wurde. Erst verlockende Versprechungen und dann die Hölle irgendwo im schmutzigsten Sexgeschäft. Dazu kam noch, dass ihnen während der

Flucht die Ausweise, sämtliches Geld und die Handys gestohlen wurden. Sie hatten nichts mehr, um sich ausweisen zu können. Monatelanges Warten und die Abschiebung wären ihnen sicher gewesen.

Das Jobangebot war die Chance, in das gelobte Deutschland zu kommen. Und das Angebot der beiden Deutschen war überzeugend. Sie hatten klipp und klar gesagt, dass sie für eine Kölner Exhibition Agency Mitarbeiterinnen suchten. Damen für die Präsentationsgier reicher Geschäftsleute, die nach Köln zu Messen und Meetings kamen. Damit sie mit einer Schönheit glänzen konnten, waren diese Leute bereit, horrende Honorare zu zahlen. Ohne Sex, nur als Begleitung zu gesellschaftlichen Einladungen oder zum Ausgehen. Sollten sie mit den Kunden ins Bett gehen, wäre das ihre Sache. Aber auch ihr Risiko. Gäbe es Schwierigkeiten, flögen sie aus der Agency raus.

Auf ihre Frage, wieso Eline und ihr Begleiter Ruben ausgerechnet in dem Auffanglager nach geeigneten Mitarbeiterinnen suchten, hatten diese erklärt, es ging um Sprache, Bildung und Aussehen. Gerade die sagenhaft Reichen aus Arabien und den Anrainerstaaten legten Wert auf eine Frau aus ihrer Welt. Eine Frau, die ihre Sprache und Sitten beherrschte und dazu außergewöhnlich gut aussah.

Für Ghada und Wafa klang das zu verlockend, um nein sagen zu können. Schließlich hatten sie zu Eline und Ruben Vertrauen gefasst.

Es war dann auch alles glattgelaufen.

Sie waren mit den Deutschen in einem Auto bis in die Nähe von Köln gefahren und in einem schicken

Landhaus in einer bergischen Kleinstadt gelandet. Immer hatte eine gute Stimmung zwischen ihnen geherrscht, ohne Anzeichen, dass etwas nicht stimmte.

Landhaus Bismarck diente als Schulungs-Center, so hatte Eline ihnen erklärt. Hier wurden sie auf alles vorbereitet, was sie für ihre zukünftigen Verpflichtungen als Begleitung anspruchsvoller Kunden wissen mussten. Wie sie sich zu verhalten hatten, Umgang mit der Gesellschaft, Auftreten in der Öffentlichkeit, Pflege ihres schönen und eleganten Aussehens bis hin zu Tipps, wie sie sich die Herren vom Leibe halten konnten, ohne sie zu verärgern. Nach dem Seminar würden sie in Köln gemeinsam ein Appartement beziehen. Ihnen kam das wie in einem Märchen vor und sie waren mit allem einverstanden.

Und nun kam Wafa nicht zurück.

Besorgt blickte Ghada durch das Panoramafenster. Es wurde bereits dunkel und sie sah die Lichter in der Stadt angehen. Hier oben auf der Anhöhe war alles totenstill. Gerade wollte sie sich aufs Bett legen, als sie ein Auto hörte, das mit quietschenden Reifen in die Einfahrt fuhr.

Schlagende Autotüren.

Sie erkannte die Stimme von Eline, die außer sich vor Wut herumschrie.

Nur von Wafa hörte und sah sie nichts.

Schlagartig wurde ihr klar, dass etwas passiert sein musste. Sie stürzte zur Tür, eilte durch das Foyer des Hauses nach draußen und lief auf das Auto zu.

4

Kommissariat

Besorgt betrachtete Heike Bachem ihre Chefin. Kareen Wagenknecht wirkte zerstreut, ruhelos. Und sie konnte es ihr nachfühlen. Hendrik sollte in den nächsten Stunden wieder ansprechbar sein, aber damit war es ja noch nicht getan. Das Laborergebnis war entscheidend, doch das würde dauern.

Plötzlich empfand sie den frisch renovierten Konferenzraum bedrückend. Am liebsten wäre sie hinausgelaufen, hätte sich in ihr Auto geschmissen und wäre zur Agger Talsperre gefahren. Dort könnte sie sich den ganzen Frust von der Seele laufen. Stattdessen sah sie ihre Kollegen an und fuhr den Laptop hoch.

»Also Leute«, begann sie.

»Die Tote hat noch keine Identität. Ich würde vorschlagen, wir nennen sie U. Schöne. Wie Unbekannte Schöne. Denn sie war eine wirkliche Schönheit. Unsere Pathologin meinte, dass sie noch nie einen so perfekten Körper auf ihrem Tisch gehabt hätte. Caro Klein vermutet, dass die Frau aus dem Mittleren Osten, aus dem Libanon, Syrien oder aus dem Irak stammt. Zumindest sprechen ihre physiologisch-biochemischen Merkmale dafür. Vor ihrem Tod wurde sie brutal vergewaltigt, und das als noch Unberuhrte, so glaube ich, sagt man in diesen Ländern.«

»Oh, mein Gott.«

Alina Ysum schlug die Hände vor das Gesicht. Sie war türkischer Abstammung und die Vorstellung traf sie ins Herz.

»Den Anzeichen nach hatte man U. Schöne K.-o.-Tropfen verabreicht«, erklärte Heike Bachem weiter.

»Caro Klein kann uns bald mehr dazu sagen.«

Aus der Ecke, wo Schlösser saß, hörten sie ein frustriertes Stöhnen. Mit dem und seinen pubertären Töchtern muss auch bald was geschehen, sonst dreht der uns noch durch, fuhr es Heike Bachem spontan durch den Kopf.

Dann sah sie zu Wagenknecht hin.

»Kareen, ich kann mir vorstellen, dass es folgendermaßen gelaufen ist: Hendrik hat beim Joggen gesehen, wie die Frau vergewaltigt wurde und wollte ihr helfen. Daraufhin haben die Typen ihn fertiggemacht.«

Unruhig stand Henny Strassfeld von seinem Stuhl auf und dehnte seinen durchtrainierten Körper. Langes Sitzen war für ihn nichts, das machte ihn nervös. Er hatte die Tote bei der Obduktion gesehen und konnte nicht glauben, dass diese schöne, junge Frau sich mit irgendwelchen Kerlen abgegeben hatte.

»Ich glaube, das Ganze war eine Affekthandlung«, sagte er in den Raum hinein. »Die Täter haben die Frau zufällig in dieser abgelegenen Ecke getroffen, haben sie angemacht und als sie nicht wollte, sind sie über sie hergefallen.«

Unbewusst schüttelte Wagenknecht den Kopf und versuchte ihre Gedanken zu ordnen. Für sie war das alles nicht vorstellbar. Sie sah in die angespannten Mienen ihrer Leute.

»Es könnte natürlich so gelaufen sein«, kommentierte sie, »aber ich glaube das nicht. Heike, in deinem Bericht steht, dass die Tote neue Designersachen getragen hatte. Und im Gebüsch vor dem Bau-Klo wurden High Heels gefunden. Zweifellos die Schuhe der Frau. Niemals hätte sie sich so gekleidet in dieser Wildnis herumgetrieben.«

»Sie könnte aber vor irgendwelchen Leuten dort hin geflüchtet sein«, warf Kriminalassistent Wolfsbach ein.

»Dieses würde bedeuten, dass hier eine große Sauerei am Köcheln ist«, knurrte Heike Bachem.

»Das ist doch überhaupt keine Frage mehr«, ließ sich Schlösser säuerlich vernehmen. »Der Mord alleine sagt schon alles. Ist doch alles Scheiße.«

Nach dem Ausbrecher des stellvertretenden Leiters des Kommissariats herrschte einen Moment peinliche Stille. Verstohlen sahen alle zu Wagenknecht hin, die überrascht Schlösser anblickte. Anscheinend wollte sie aber nicht weiter darauf eingehen und bat Heike Bachem mit ihrem Bericht fortzufahren.

»U. Schöne war nicht nur sehr gut gekleidet«, erklärte Heike Bachem weiter, »sondern hat auch ein Parfum benutzt, das in der oberen Preisklasse angesiedelt ist.«

»Edelnutte«, stieß Schlösser heraus. Sofort bereute er seine Bemerkung, mied die Blicke seiner Kollegen und nahm sich vor, seinen Frust besser im Griff zu haben.

Missbilligend blickte Heike Bachem ihn an.

»Martin, wir sprechen hier von einer jungen Frau, die brutal vergewaltigt und anschließend getötet wurde. Getötet auf eine Art, dass sie die wenigen Sekunden, in denen sie verblutet ist, noch mitbekommen hat. Und was die Edelnutte betrifft, kann ja wohl nicht sein. Sie war eine Unberührte, trug Unterwäsche, wie sie im Mittleren Osten für jungfräuliche Frauen üblich ist. Bei uns würde man sagen Liebestöter. Also bestimmt nicht unbedingt für das horizontale Gewerbe geeignet.«

»Diese Fakten sprechen für sich«, übernahm Wagenknecht die Moderation. »Ich neige zu dem, was Wolfsbach meinte. Dass die Frau vor wem auch immer weggelaufen und *Im wilden Wiehlchen* gelandet ist. Dort hatten ihre Mörder dann leichtes Spiel mit ihr. War es so, kann der Ort, von dem sie geflüchtet ist, nicht weit entfernt sein. Oder sie muss ein Auto benutzt haben, das hier noch irgendwo steht.

Aber das glaube ich nicht.«

Unruhig klopfte Wagenknecht auf die Tischplatte.

»Heike, hast du sonst noch was Relevantes, das uns auf die Sprünge helfen könnte?«

»Leider nein. Ich warte noch auf den endgültigen Bericht aus der Pathologie. Caro hat versprochen, bei den Laboranalysen Druck zu machen.«

»Gut.«

Abschätzend blickte Wagenknecht zu Schlösser hin. Sie musste ihn ans Arbeiten kriegen damit er von seinen privaten Problemen abgelenkt würde.

»Martin, setze dich mit der Ausländerbehörde in Köln in Verbindung. Die sollen prüfen, ob die Tote registriert ist. Mach ordentlich Druck, du weißt ja, wie schnell die sonst reagieren. Wenn das nichts ergibt, weite die Suche bundesweit aus. Am Schluss bleibt uns dann immer noch die Presse.« Die miese Miene von Schlösser ignorierend, wandte sie sich an Strassfeld.

»Henny, es besteht die Möglichkeit, dass die Frau per Taxi nach Wiehl gekommen ist. Übernimm die örtlichen Taxiunternehmen und deren Kollegen im Umkreis. Läuft das negativ aus, müssen wir auch die Kölner Taxis mit einbeziehen. Und ihr beiden«, wandte sie sich an Heike Bachem und Wolfsbach, »klappert die Busfahrer ab. Bringt das alles nichts, wissen wir, das U. Schöne entweder zu Fuß unterwegs war, oder mit einem Privatwagen gefahren ist. Mit wem auch immer, von wo auch immer. Ich informiere Kriminalrat Schneider, ich habe so das Gefühl, dass wir seinen Einfluss mal wieder in Anspruch nehmen müssen. Anschließend fahre ich ins Krankenhaus zu Hendrik.«

5

Im wilden Wiehlchen

Die Stimmung war gedrückt. Blumberg stocherte in seinem Essen herum, als glaubte er, dort etwas Besonderes finden zu können. Elsa schniefte in ihr Taschentuch und sah zu Max hin, der den Schwanz eingezogen zu Füßen seiner Chefs lag. Er spürte, dass etwas nicht stimmte.

Ganz und gar nicht stimmte.

»Wann willst du sie anrufen?«

Elsa blickte ihren Mann an, wobei ihre Miene die Sorge widerspiegelte, die sie hatte. »Wir müssen doch wissen«, was mit Hendrik ist«, setzte sie nach.

Blumberg schüttelte den Kopf.

»Ich habe eben im Krankenhaus angerufen, Hendrik ist noch nicht ganz ansprechbar. Wagenknecht wird uns deshalb noch nichts sagen können.«

Elsa blickte ihn erstaunt an.

»Wie, die vom Krankenhaus haben dir was über den Zustand von Hendrik gesagt, und das noch am Telefon? Das ist aber ungewöhnlich, die sind doch sonst immer verschlossen wie eine Auster.«

»Na, ja«, druckste Blumberg herum. »Ich kenne eine Schwester auf der Intensivstation, und die war zufällig am Apparat, als ich anrief.«

»Du scheinst ja bei den Schwestern der Hahn im

Korb zu sein«, kommentierte Elsa.

»Elsa bitte!«

Blumberg war nun gar nicht in Stimmung, sich auf eine Diskussion einzulassen. Er war nicht nur schockiert über den Überfall auf Hendrik, sondern mehr noch über den Mord an der jungen Frau. Sein Bauchgefühl sagte ihm, dass mal wieder eine große Sauerei im Anzug war.

Im Bergischen.

Direkt vor seiner Haustür.

»Hast du für heute Abend alles geregelt?«, lenkte er ab. Er musste Elsa auf andere Gedanken bringen.

Sie sah ihn zufrieden an.

»Da ist alles bestens geklärt. Deine Kollegen können kommen. Und stell dir vor, die Birgit Klein, die im Tulpenweg die Pension hat, stellt uns drei Zimmer zur Verfügung. Und sie will kein Geld dafür. Sie hat gefragt, ob sie stattdessen ein Bild von mir haben könnte. Für ihren neuen Anbau, in dem sie das Frühstückszimmer für ihre Gäste hat. Habe ich ihr natürlich zugesagt. In den nächsten Tagen kommt sie vorbei und sucht sich eins aus.«

Anerkennend blickte Blumberg seine Frau an. Bemerkte, wie sie sich freute.

»Da siehst du mal, wie bekannt du bist. Ein Bild von dir im Frühstückszimmer der Pension wo es viele Leute sehen, das ist doch richtig gut. Da kommt bestimmt der eine oder andere auf dich zu und will von dir was gemalt haben.«

Elsa zippte an ihrer Strickweste herum.

»Carl, du weißt, dass ich das nicht will.

Auftragsarbeiten, das ist nichts für mich. Ich will nicht das malen müssen, was andere Leute sich vorstellen. Würde mich nur belasten. Dann die Kommentare, wenn das Bild nicht gefällt.«

Energisch schüttelte sie den Kopf.

»Fange ich erst gar nicht an.«

Er konnte sie verstehen, so etwas würde er auch nicht wollen. Trotzdem würde Elsa sich bestätigt fühlen. Seine Gedanken wanderten wieder zu Hendrik und der ermordeten Frau. Er hatte schon überlegt, das Treffen der Kollegen abzusagen, hatte sich dann aber dagegen entschieden. Letztendlich würde es keinem nützen und die Kollegen hatten auch schon alles fest eingeplant. Bezüglich Dienstplan und so. Er blickte auf die Uhr und stellte fest, dass er sich beeilen musste, er hatte noch was zu erledigen.

Um sie nicht aufzuregen, musste Elsa nicht mitkriegen, um was es ging. Er räumte den Tisch ab und meinte beiläufig, dass er noch mal eben nach Wiehl fahren würde. Machte Max ein Zeichen ihm zu folgen und tat so, als wenn er den fragenden Blick von Elsa nicht bemerken würde.

Von Nümbrecht bis Wiehl waren es mit dem Auto nur ein paar Minuten, wenn nicht gerade die Historische Postkutsche vor einem dahinzockelte. Heute zockelte sie nicht und doch kam es Blumberg wie eine Ewigkeit vor, bis er den Kreisel am Busbahnhof Wiehl erreichte. Spontan entschied er, den Parkplatz am Freizeitpark zu meiden. Er konnte sich nicht vorstellen, dass die Täter dort geparkt hatten und durch den ganzen Park marschiert waren. Zum einen liefen solche Typen nicht gerne und zum anderen wollen sie nicht gesehen werden. Aus dem Kreisel bog er in die schmale Landstraße in Richtung Hengstenberg und parkte schließlich am Ende des Freizeitparks auf einem Parkstreifen. Aus dem Wagen musterte er die Umgebung und ließ die Gegebenheiten auf sich einwirken. Nur wenige Schritte entfernt war eine Fußgängerbrücke, die über die Wiehl führte und ein Stück dahinter lag das Naturgebiet *Im wilden Wiehlchen*. Ringsum Totenstille, nur von weiter unterhalb hörte er das Gejohle von Kindern, die an den Spielgeräten ihren Spaß hatten. Wenn er jetzt eine Leiche aus dem Kofferraum holen und irgendwo im Gelände ablegen würde, bekäme das kein Mensch mit. Beste Voraussetzungen für kriminelles Gesindel ging es ihm durch den Kopf. Kurz nach dem Anruf von Alina Ysum hatte ihn Heike Bachem über die Tote im Bau-Klo informiert. Hatte gefragt, ob er sich den Tatort, speziell das Gelände rundum, mal ansehen könnte. Mit dem mageren Ergebnis der Kriminaltechnik könnte sie nichts anfangen, meinte sie.

Dann hatte er ein leises Schluchzen gehört.

Hatte ihr Zeit gelassen, hatte nichts gesagt.

Zugut kannte er diese emotionale Achterbahn der Gefühle. Lange genug hatte er in den Extremitäten ekelhafter Fälle herumstochern müssen. Mit der Zeit wurde man abgebrüht, aber wenn Persönliches ins Spiel kam wie in dem Fall mit Hendrik, bröckelte selbst die härteste Schale.

Er atmete tief durch und stieg aus dem Wagen.

Hoffte, dass er etwas finden würde, das sie auf die Spur der Täter bringen würde. Max, der Sherlock Holmes aller Spürhunde, hatte bereits Lunte gerochen. Halunken jagen war seine große Leidenschaft. Da kam nur noch das Spiel mit den Fußkranken mit, die er mit Freuden über die Wiesen hetzte, um sie anschließend großmütig in ihren Erdbauten verduften zu lassen.

Mit verklärter Miene sprang Max aus dem Fond des Land Rover und richtete sein sensibilisiertes Riechorgan erst einmal prüfend in alle Richtungen. Seinem zufriedenen Grunzen nach zu urteilen, schienen ihm die Ausdünstungen der Wiehler Peripherie so einiges zu sagen. Auffordernd blickte er zu Blumberg hin und wie immer dauerte es ihm zu lange, bis sein Chef mal in die Pötte kam.

Blumberg schmunzelte sich einen und nahm ihn an die Leine. Auf der kleinen Brücke blieben sie einen Moment stehen und er staunte über die Breite der Wiehl. So viel Wasser hatte sie schon lange nicht mehr geführt. Dann war es noch ein kurzes Stück, bis sie das Gelände *Im wilden Wiehlchen* erreichten. Nichts deutete mehr darauf hin, dass vor Kurzem hier Schreckliches geschehen war. Von Polizisten und Kripobeamten keine Spur, nur ein abgerissenes Stück Absperrband hatte sich in einem Busch verfangen.

Nachdenklich ging Blumberg durch den Natur-Erlebnispark und staunte, was die Initiatoren sich alles hatten einfallen lassen. Für die Kids musste es ein echtes Outdoor-Abenteuer sein, sich hier zu tummeln.

Je weiter er in das Gelände hineinging, desto unübersichtlicher wurde es. Der künstlich angelegte

Teil war bald zu Ende. Ein Stück weiter stieß er auf eine Buchenanpflanzung und dahinter sah er das Bau-Klo. Über der Tür klebte ein amtliches Siegel. Ein Hineinsehen war nicht. Für ihn sowie uninteressant, er kannte die pingelige Arbeit der Kriminaltechniker, da blieb für ihn nichts zu tun. Ihn interessierte das Umfeld drum herum.

Aufmerksam blickte er sich um und bemerkte, dass sich weiter hinten im Gelände ein schmaler Pfad abzeichnete. Ähnlich wie der Wechsel von Niederwild, etwas breiter vielleicht. Er kannte sich da aus, mit seinem Freund Steinfeld ging er hin und wieder auf die Jagd. Immer darauf achtend, dass er nicht in irgendetwas Fieses trat, zwängte er sich durch dürre Sträucher und folgte aufmerksam dem immer schmaler werdenden Pfad. Allzu oft wird hier auf jeden Fall nicht herumgetrampelt, fuhr es ihm durch den Kopf. Dazu war das Gras zu hoch und die Sträucher wuchsen dicht zusammen. Eigentlich konnte er sich überhaupt nicht vorstellen, dass irgendwelche Typen sich durch dieses Gebüsch quälten. Das war meistens nicht ihr Ding.

Er überlegte, was überhaupt zu finden sein könnte, als Max, der hingebungsvoll hilflose Pflänzchen bewässerte, plötzlich auf dichteres Gebüsch zustrebte. Vor einem vertrockneten Ginsterbusch blieb er stehen, schnüffelte herum, jaulte erwartungsvoll und buddelte an einer Stelle mit seinen Vorderläufen herum.

»Max aus«, sagte Blumberg sofort und zog ihn zurück. Aus der Jackentasche kramte er sein Taschenmesser hervor und stocherte vorsichtig an der

Stelle herum, wo Max Vorarbeit geleistet hatte. Stieß gegen etwas Hartes, kratzte behutsam die Erde zur Seite und hatte kurz darauf ein Messer vor sich liegen. Wenn auch verdreckt, war zu erkennen, dass es noch nicht lange in der Erde liegen konnte. Die dunklen Flecken auf der Klinge sahen nicht nach Rost, sondern eher nach Blut aus.

Prüfend betrachtete er das Messer.

Ein typisches Rasiermesser mit einer leicht gebogenen, einklappbaren Klinge. Ein Messer, das Friseure benutzten. Nur zweifelte er daran, dass solche hier am Werk gewesen waren. Als Waffe höllisch gefährlich, passte es zu dem schnellen, tödlichen Schnitt, mit dem die Frau ermordet wurde.

Unwillkürlich musste Blumberg daran denken, dass nur wenige Minuten entfernt Kinder spielten.

Familien ihre Freizeit verbrachten.

Eltern mit ihren Kindern, die glaubten, von dem Bösen dieser Welt weit entfernt zu sein.

Wut baute sich in ihm auf.

Wut über die zunehmende Brutalität.

Über die Hemmungslosigkeit, die mehr und mehr festzustellen war. Er seufzte tief und befahl Max bei Fuß. Ein weiteres Suchen hielt er nicht für sinnvoll, blickte auf die Uhr und registrierte erschrocken, dass ihm die Zeit davongelaufen war. Elsa würde sich bestimmt wundern, wo er so lange blieb.

»Max, wenn wir Pech haben, werden wir mit dem Nudelholz empfangen«, meinte er schmunzelnd.

Aus der Jackentasche nahm er einen Plastikbeutel, den er immer bei sich hatte, wenn Max sein Geschäft mal da erledigte, wo es nicht liegen bleiben durfte. Mit einem Papiertaschentuch nahm er das Messer und legte es in den Beutel. Auf dem Rückweg zu seinem Wagen überlegte er, wie er es anstellen konnte, das Beweisstück der Hauptkommissarin zukommen zu lassen, ohne das Elsa es mitbekam. Auf die Schnelle gab es nur eine Möglichkeit. Er griff zum Handy und hoffte, das Wagenknecht sich mit ihm auf der Rückfahrt irgendwo treffen konnte.

6

Hendrik

»Hendrik Lahnstein? Nein, der liegt hier nicht mehr.« Schwester Christa von der Intensivstation blickte Wagenknecht freundlich an.

»Er hat sich so gut stabilisiert, dass wir ihn auf die Station 6.2 verlegen konnten. Sie sind seine Frau?«

»Lebensgefährtin.«

Wagenknecht atmete auf.

Hendrik war über den Berg.

Er war wieder da.

Der Rest würde sich ergeben.

Trotzdem betrat sie mit einem flauen Gefühl den Aufzug, der sie auf die 6.2 bringen würde. Ihre Gedanken spielten verrückt.

Ob Hendrik wusste, dass die Täter ihm eine Kanüle in die Vene gejagt hatten?

Wenn nicht, musste sie ihn schon jetzt darüber informieren?

Konnte sie ihn mit dem Gespenst HIV, das möglicherweise durch seinen Körper pulsierte, belasten?

Auf keinen Fall.

Sie beschloss, das Thema nur dann anzugehen, wenn er selbst darauf zu sprechen kam, wenn die Ärzte ihn mit der Problematik schon konfrontiert hatten. Allerdings glaubte sie das nicht.

Leise klopfte sie an die Tür des Krankenzimmers und ging zögernd hinein. Überrascht blieb sie stehen. Hendrik saß doch tatsächlich im Bett und blickte sie strahlend an. Na ja, was man in seinem Zustand unter strahlend verstehen konnte.

»Das glaube ich jetzt nicht«, sagte sie, ging an das Bett und umarmte ihn vorsichtig. Sie fühlte den festen Verband um seine Rippen, bemühte sich nicht an den Gips seines Armes zu stoßen und mit Kuss war auch nichts. Um seinen Kiefer trug er eine Fixierung.

Sie konnte nicht anders, sie musste, so makaber es war, lachen.

»Hendrik, du siehst einfach klasse aus«, meinte sie, trat einen Schritt zurück und musterte ihn.

»Danke für dein Mitgefühl«, gab er mit einem schiefen Grinsen zurück.

Sie reichte ihm sein Lieblingsmagazin GEO, aktuelle Ausgabe, zog einen Stuhl ans Bett und setzte sich. Zuversichtlich blickte sie ihn an und war bemüht, sich ihre Angst nicht anmerken zu lassen.

»Dass es dir schon wieder so gut geht, damit hätte ich nicht gerechnet«, sagte sie. Und das hatte sie auch wirklich nicht. Die Ärzte brachten Erstaunliches zustande. Nur das Laborergebnis, von dem ihre Zukunft abhing, war noch in weiter Ferne.

Den Gedanken drängte sie zurück. Es half ja alles nichts. Wenn Hendrik den Umständen entsprechend auch schon wieder einigermaßen passabel aussah, wusste sie nicht, wie es in seinem Inneren aussah. Ob er den Schock schon überwunden hatte.

»Wie geht es der Frau?«, fragte er besorgt.

Typisch Hendrik, er dachte wie immer zuerst an andere. Bedrückt blickte sie ihn an und schüttelte den Kopf.

»Sie hatte wohl keine Chance«, sagte sie leise.

Eine Weile blieb es zwischen ihnen still. Besorgt bemerkte sie, wie es in ihm arbeitete. Es bestätigte ihre Vermutung, dass er mit den Mördern der Frau aneinandergeraten war.

»Du hast gesehen, was passiert ist?«

Nachdenklich nickte Hendrik.

»Ich habe versucht ihr zu helfen, doch da war noch ein zweiter Mann, er ging mich direkt an. Ich hatte keine Chance. Mit solch einer Brutalität kann ich nicht umgehen.

So etwas ist ja kaum vorstellbar.«

Er sah seine Lebensgefährtin besorgt an.

»Jetzt kann ich mir vorstellen, wieso in der Oberstufe so viel Gewalt herrscht. Die Jugendlichen, die sich die einschlägigen Filme ansehen, die bekommen den Mist ja quasi beigebracht. Wobei die Linie zwischen Gewalt und Brutalität immer mehr verwischt.«

Sanft legte sie ihre Hand auf seinen Arm.

»Hendrik, das ist ja alles furchtbar, aber jetzt müssen wir erst einmal sehen, dass du wieder fit wirst. Was haben die Ärzte gesagt, wie es bei dir aussieht?«

»Och«, Hendrik klopfte übermütig mit seinem eingegipsten Arm auf die Bettkante, fasste sich an die Fixierung an seinem Kinn, drückte seinen Brustkorb heraus und meinte, dass er bald wieder joggen könnte.

»Meine Beine sind ja zum Glück in Ordnung«,

meinte er erleichtert. Wagenknecht atmete auf. Also hatten die Ärzte ihm noch nichts von der Spritze in seinem Arm gesagt.

Ein Thema für später.

»Okay, dann kannst du einer Hauptkommissarin ja mal schildern, was sich abgespielt hat«, meinte sie schmunzelnd.

Hendrik berichtete, dass er sich daran erinnern konnte, dass ihm an dem Zugang zum Freizeitpark an der Straße nach Hengstenberg ein Ford SUV mit Kölner Kennzeichen aufgefallen war.

»Ein teures Auto. So eins mit ganz dicken Reifen, getönten Fenstern, ein Auto, das man nicht oft sieht. Ich habe noch gedacht, welche Leute wohl mit so einer Kutsche durch Wiehl fahren.

Beim Joggen durch das Naturgebiet habe ich dann bemerkt, dass hinter einer Hecke irgendetwas vor sich ging. Ich lief dort hin und sah wie ein Mann sich an einer Frau, die regungslos auf dem Boden lag, verging. Ein anderer, der daneben stand sah mich, sagte etwas zu dem anderen Mann und ohne Vorwarnung ging er sofort auf mich los. Ehe ich mich überhaupt darauf einstellen konnte, muss ich schon weggeknickt sein«, berichtete Hendrik weiter.

»Aber ich habe noch mitbekommen, dass der Mann kölschen Dialekt sprach. Wie sie ausgesehen haben, habe ich nur vage mitbekommen. Es ging alles zu schnell. Wenn ich Fotos sehen würde, könnte ich vielleicht mehr sagen.«

Sein blasses Gesicht verlor noch mehr an Farbe und Wagenknecht bemerkte, wie er abbaute. Kein Wunder, wenn sie bedachte, dass er vor Stunden noch im Tiefschlaf gewesen war. Schonend informierte sie ihn, was mit der Frau geschehen war und dass sie mit der Aufklärung im Grunde noch nicht weitergekommen waren. Aber sein Hinweis mit dem auffälligen Kölner Auto und dass der Mann Dialekt sprach, könnte ihnen weiterhelfen. Sie erwähnte noch, dass die Täter möglicherweise der Frau Drogen gespritzt hatten und beobachtete angespannt seine Reaktion. Doch Hendrik verzog keine Miene. Dass er selbst eine Junkie-Spritze im Arm gehabt hatte, davon wusste er nichts, sonst hätte er anders reagiert.

Im Wiehler Wirtshaus war eine super Stimmung. Die Aktiven von der Kölner Kripo fühlten sich offensichtlich sauwohl. Carsten Lierfeld, der Wirt, hatte die erste Runde Kölsch spendiert und seine Frau Clara reichte eine Platte mit Mettbrötchen, auch auf Kosten des Hauses.

Muss ja auf die Kölner einen verdammt guten Eindruck machen, fand Blumberg und blinzelte zu Heinz Steingass hin. Sein alter, noch aktiver Kollege bei der Kölner Sitte. Zufrieden bemerkte er, das Steingass wieder topfit war. Und das, obwohl er kürzlich erst von wirklich irren Killern regelrecht zusammengefaltet wurde. Als menschlichen Schrott hatte man ihn mit wenig Hoffnung, dass er es schaffen würde, in die Merheimer Spezialklinik gebracht. Doch Steingass war nicht nur ein Klotz von einem Mann, er war auch ein Urgestein. Ein Urgestein, das man erst in die Luft sprengen musste, um es kleinzukriegen. Schon während seiner Genesungsphase hatte er Wesentliches zu der Aufklärung der Organmorde beigetragen.

Weniger topfit sah die Hauptkommissarin aus, stellte Blumberg besorgt fest. Große dunkle Ränder umlagerten ihre Augen und er registrierte, wie nervös sie war. Ab und an blickte sie auf ihr Handy und er war sich ziemlich sicher, dass es nicht darum ging, ob es in ihrer Dienststelle etwas Neues gab.

Sie dachte an Hendrik.

Überzeugte sich, dass keine negative Mail vom Krankenhaus eingegangen war. Es musste furchtbar sein, überlegte er, was sie derzeit durchmachte. Ihr und Hendriks Leben, alles abhängig von einem Laborergebnis. Und soweit er es eben bei einem Gespräch mit ihr verstanden hatte, wusste Hendrik von all dem nichts. Sie trug die Last alleine, musste sich abends mit höllischen Vorstellungen alleine ins Bett legen.

Er wurde abgelenkt durch einige jüngere Kollegen, die ihre Frauen mitgebracht hatten. Sie waren dermaßen gut drauf, dass er richtig stolz war, dass er dafür gesorgt hatte, dass bei diesem Treffen die Partner der Beamten dabei sein durften. Hoffentlich bleibt das auch zukünftig so, dachte er. Das Beispiel von Wagenknecht und ihrem Hendrik zeigte doch mal wieder, wie schnell alles vorbei sein konnte. Man sich plötzlich auf der Schattenseite des Lebens befand.

»Carl, was machst du denn für ein nachdenkliches Gesicht«, hörte er neben sich Steingass sagen. Prüfend blickte ihn sein Freund an. Unmerklich machte Steingass ein Zeichen zu der Hauptkommissarin hin.

Blumberg wurde klar, dass der alte Fuchs bemerkt hatte, dass mit ihr was nicht stimmte. Er runzelte die Stirn, sah ihn ernst an und Steingass konnte sich den Rest denken. Wenn der Mord an der jungen Frau und der Überfall auf Hendrik auch nicht unbedingt eine Sache für die Kölner Sitte war, Steingass war mit Sicherheit bestens darüber informiert. Es gab wohl kaum einen Kripobeamten in Köln, der besser vernetzt war als er.

Steingass wandte sich ihm zu, hob sein Glas und stieß mit ihm an.

»Wenn ich euch irgendwie helfen kann«, kam er ohne Umschweife zur Sache, »lässt du es mich wissen. Carl, du weißt ja«, meinte er grinsend, »meine Kompetenzen mache ich mir selbst. Du und die Hauptkommissarin, ihr könnt immer auf mich rechnen. Egal, in was für eine Scheiße ich greifen muss.« Etwas verlegen blickte er zur Seite und Blumberg meinte etwas Feuchtes in seinen Augenwinkel zu sehen.

»Danke Heinz, schön das zu hören. Ich glaube, der Hauptkommissarin würde es guttun, wenn du ihr das auch mal selbst sagst.«

In dem Moment bemerkte er, das Wagenknecht hektisch das Handy aus der Tasche kramte und ein Gespräch annahm.

Lass es eine gute Nachricht sein, hoffte er impulsiv.

Sah allerdings nicht danach aus.

Wagenknecht schüttelte mehrmals den Kopf und ihr Blick blieb schließlich an Blumberg hängen. Dann steckte sie das Handy in die Jackentasche und zeigte nach draußen.

»Hoffentlich nichts Schlimmes mit Hendrik«, murmelte Blumberg vor sich hin. Er bemerkte, dass auch Elsa besorgt zu Wagenknecht hinblickte und machte ihr ein Zeichen ruhig zu bleiben. Kurz informierte er noch Steingass und verließ dann den Raum.

Im Schankraum an der Theke trank Wagenknecht gerade einen großen Schluck Mineralwasser, als Blumberg sich neben sie stellte.

»Nichts persönliches«, sagte sie sofort. Sie wusste um seine Fürsorge, was sie und Hendrik betraf und wollte nicht, dass er sich aufregte. Sie nahm ihr Handy und zeigte ihm ein Foto.

»Unser zweites Mordopfer.

Ein Angler hat den Toten entdeckt. In der Agger Talsperre, direkt hinter der Staumauer. Parallel zu dem Wanderparkplatz. Die Feuerwehr aus Bergneustadt hat ihn herausgefischt.«

7

Schweinepfeffer

Als Blumberg den Ordner mit den Kochrezepten aufschlug, musste er unwillkürlich an seine Tante Frieda denken. An die Frau, die immer auf seiner Seite gestanden hatte, auch wenn er mal Mist gebaut hatte. Ihr Haus war immer sein Zufluchtsort gewesen. Wenn er meinte, die große Stadt würde ihn erdrücken, floh er aus Köln zu seiner Tante. Tauchte auf dem großen Anwesen, am Rande von Nümbrecht gelegen, mit einer wahnsinnigen Aussicht auf das Bergische, unter. Seine Tante hatte keine Kinder und er war so etwas wie ein Ersatzsohn. Nun ja, Tante Frieda war vor zwei Jahren im hohen Alter gestorben und hatte ihm dieses traumhafte Anwesen vermacht. Die Umsiedlung von Köln war für ihn und Elsa dann auch kein Thema gewesen. Zumal sie beide genau zu dem Zeitpunkt in den Genuss des Ruhestandes kamen.

Und nun stand er hier und blätterte in Friedas Kochrezepten. Beim Schweinepfeffer blieb er hängen. Da Elsa sich um die Abreise der Kollegen aus Köln kümmerte, hatte er am Morgen eingekauft und Heinz Steingass zum Essen eingeladen. Seine Frau Marlene war mit Elsa gefahren. Die beiden Damen wollten sich anschließend in Gummersbach das neue Steinmüller-Zentrum ansehen.

Aus dem Ordner nahm er sich das Rezept heraus

und legte es so auf die Arbeitsplatte, dass er es beim Zubereiten im Auge hatte. Penibel prüfte er, ob er an alle Zutaten gedacht hatte:

Schweinepfeffer nach Bergischer Art

Z u t a t e n für 4 Personen...
1 ½ kg Schweinebraten, 500 g Zwiebeln, 250 ml Apfelessig, Wasser, Rübenkraut, Bratensoße, 2 Lorbeerblätter, Salz, Zucker, Öl, Pfefferkörner

Okay, alles da, stellte er zufrieden fest und betrachtete einen Vermerk auf dem Rezept. Tante Frieda hatte die 250 ml Apfelessig auf 50 ml reduziert. Sie war nicht so unbedingt ein Essigfreund, daran konnte er sich noch gut erinnern. Als Ausgleich hatte sie stattdessen Fleischbrühe hinzugegeben. Blumberg entschied sich ebenfalls für diese Variante und band sich in Vorfreude seine blauweiße Schürze um. Wenn er auch nicht gerade ein ausgebildeter Koch war, war er doch mit Begeisterung dabei. Und eine gewisse Kreativität beim Kochen erlaubte er sich auch. Etwas Neues ausprobieren, manchmal nur an dem Geruch der Gewürze orientiert, war für ihn das Spannende an der Sache.

Er schnitt das Schweinefleisch in etwa 3 cm große Würfel, schälte die Zwiebeln und schnitt sie in dicke Ringe.
Aus dem Küchenschrank nahm er eine längliche Glasterrine, legte das Fleisch hinein und gab die Zwiebelringe hinzu. Zwei Lorbeerblätter und einige Pfefferkörner rundeten das ganze ab. Abschließend bedeckte er es mit dem Sud.

Normalerweise hätte er alles über Nacht ziehen lassen, heute ging das nicht. Nach zwei Stunden nahm er das Fleisch aus der Marinade und briet es an. Die bräunlichen Fleischstücke übergoss er anschließend wieder mit der Marinade und schmorte das Fleisch eine knappe Stunde.

Danach band er die Soße mit Rübenkraut und schmeckte nochmals mit Zucker ab. Und ein Teelöffel Senf musste auch noch hinein. Das war seine persönliche Variante. Es gab der Soße einen Hauch von Schärfe.

Blumberg sah auf die Uhr. Er war gut in der Zeit. Steingass kam erst in einer Stunde. Aus dem Keller holte er ein Glas Apfelmus und deckte anschließend den Tisch. Mit den Bandnudeln konnte er sich noch etwas Zeit lassen.

Entspannt ging er anschließend auf die Terrasse, schaltete das Radio ein und wählte BergLokal. Er hatte Glück, Sonja Feldmann moderierte. Wie immer strahlte ihre klare Stimme Sachlichkeit und Kompetenz aus. Sie hatte gerade den Vorsitzenden der Milchbauernschaft Hubert Schmitz am Telefon. Thema war mal wieder der Preisverfall der Milch. Schmitz berichtete, dass die Bauern, die sich abrackerten, immer weniger für ihre Milch bekämen, während die weiterverarbeitenden Firmen ihren Reibach machten. Deutlich konnte Blumberg den Frust bei dem Vorsitzenden, der selbst Bauer war, heraushören. Emotional schilderte Schmitz weiter die Misere der Höfe sowie ihre Zukunftschancen. Es gab kaum noch Nachfolger, die bereit waren, den Hof zu übernehmen. Auf die viele Arbeit, kaum Freizeit und dann noch der ständige Preisverfall, hatten die jungen Leute keinen Bock mehr. Blumberg konnte das gut verstehen. Anstatt die Zukunftsträger der Landwirtschaft zu unterstützen, bekamen sie seitens der EU zudem noch Steine in den Weg gelegt. Von dem Preiskampf, der auf dem Markt tobte, mal ganz abgesehen.

Sonja Feldmann fühlte anscheinend mit der Bauernschaft. Zumindest glaubte Blumberg so etwas wie Solidarität herauszuhören. Etwas, das bei der coolen Moderatorin selten vorkam.

Gerade wollte er abschalten, um sich den Bandnudeln zu widmen, als Feldmann in den Kurznachrichten den Toten, den sie aus der Agger Talsperre gefischt hatten, erwähnte.

»Näheres könnte man noch nicht sagen«, erklärte sie, »nur soviel, dass die Staatsanwaltschaft auf einen gewaltsamen Tot hin ermittelt.« Dann wurde noch der Einsatz der Freiwilligen Feuerwehr gelobt, die professionell die Bergung des Toten durchgeführt hatten.

Blumberg hatte wieder das Foto vor Augen, das die Hauptkommissarin ihm gezeigt hatte. Das Loch in der Stirn des Mannes war nicht zu übersehen gewesen. Er hatte sich das Bild auf sein Handy schicken lassen und wollte es nach dem Mittagessen Heinz Steingass zeigen. Zwar kaum wahrscheinlich, aber möglicherweise kannte er ja den Toten. Soweit Blumberg informiert war, konnte seitens der Mordkommission noch nichts über die Identität des Mannes ermittelt werden. Und die Pathologin musste auch erst noch die Säge ansetzen, um an das tödliche Projektil zu kommen.

Entschlossen schob Blumberg die Gedanken an den Mord zur Seite, riss sich von dem traumhaften Blick übers Bergische los und marschierte in die Küche. Wenn Steingass kam, wollte er das Essen fertig haben.

8

Landhaus Bismarck

Eline stellte sich Ghada in den Weg und packte sie entschlossen am Arm.

»Wir müssen reden«, sagte sie und drängte Ghada ins Haus zurück. Fieberhaft überlegte sie, wie sie ihr das Fehlen von Wafa erklären sollte. Es musste glaubwürdig sein, sonst konnte alles den Bach runtergehen. Und sie musste diesen Albtraum ihrer Chefin melden. Bei dem Gedanken bekam sie eine Gänsehaut.

Mit der verstörten Ghada steuerte sie die Clubgarnitur im Wohnraum an, drückte Ghada sanft in die Polster und holte an der Bar für jeden ein Fruchtgetränk.

»Wo ist Wafa?«

Ängstlich blickte Ghada Eline an.

»Wir wissen es nicht.«

Konzentriert sah Eline der Schönheit ihr gegenüber in die Augen.

»Als wir nach dem Shoppen von Köln zurückkamen, wollte Wafa zu den Asylanten in Wiehl. Sie hatte wieder einen ihrer schwermütigen Momente, wo sie an ihre verschwundene Schwester dachte. Sie hoffte, bei den Asylanten etwas erfahren zu können. Ich habe versucht ihr das auszureden, aber sie ließ sich nicht beruhigen. Schließlich habe ich nachgegeben und

Elias und Freddy haben sie zu der Asylanten-Siedlung gefahren.«

»Und dann?«

Ghada merkte, wie sich Panik in ihr breitmachte.

Eline versuchte entspannt zu wirken und lehnte sich auf der Couch zurück.

»Die Jungs haben draußen vor dem Tor gewartet, Wafa wollte das so. Sie hatte Angst, die beiden würden, wenn sie mit ihr kämen, die Leute erschrecken. Wafa ist dann zu den Häusern gegangen und Elias und Freddy haben gesehen, wie sie eine Frau auf der Straße angesprochen hat und mit ihr anschließend zwischen den Häusern verschwunden ist.«

»Nein!«, schrie Ghada. Tränen liefen ihr über das Gesicht. Plötzlich wusste, sie würde Wafa nicht wiedersehen.

Eline setzte sich neben sie und umfasste ihre Schulter. Sanft drückte sie Ghada an sich.

»Eine Stunde haben die Männer auf Wafa gewartet, aber sie kam nicht wieder. Die beiden sind dann zu den Asylanten hin, aber Wafa war durch einen rückseitig gelegenen Ausgang aus der Siedlung verschwunden.«

»Das glaube ich nicht, nie und nimmer«, schluchzte Ghada und sprang auf. »Nie wäre Wafa, ohne mir etwas zu sagen, weggegangen. Wir müssen dorthin, sofort, wir müssen die Polizei verständigen.«

»Nein!«

Energisch stellte sich Eline vor sie.

»Wenn wir die Polizei einschalten, kommt heraus, dass ihr illegal hier seid und du wirst abgeschoben.

Willst du das?«

Resigniert schüttelte Ghada den Kopf.

»Natürlich nicht, aber was können wir tun?«

»Wir können nur hoffen, dass Wafa hier wieder auftaucht. Wenn sie aber unterwegs ist, um ihre Schwester zu finden, weiß ich auch nicht weiter. Allerdings wäre ich furchtbar enttäuscht von ihr. Und ich weiß nicht, wie meine Chefin darauf reagieren wird. Schlimmstenfalls wirft sie mich raus.«

9

Heinz Steingass

»Carl, in deinen Schweinepfeffer könnte ich mich reinsetzen«, meinte Heinz Steingass und legte nochmals nach. »Und für so ein leckeres Landbier ging ich glatt durch die Wüste.«

Es war offensichtlich, ihm schmeckte es. Auch Blumberg langte ordentlich zu und freute sich, seinen alten Freund am Tisch zu haben. Sie quatschten über Vergangenes und gemeinsame Fälle, bis Steingass sich über die aktuelle Lage in der Szene ausließ.

»Brutal, Carl. In Köln ist alles ist brutaler geworden«, meinte er frustriert. »Unsere Streifenbeamten haben mittlerweile Schiss, die Kriminellen, die Krawall machen, anzugehen. Die sind in Gruppen unterwegs und bekommen, wenn es Ärger gibt, in null Komma nichts Verstärkung. Greifen dann unsere Leute hart durch, werden sie in der Presse angeprangert. Haben sie mit Migranten zu tun, sind Schlagzeilen wie Rassismus bei der Polizei und ähnliches vorprogrammiert.

Dazu kommen verstärkte Probleme mit der Jugend in den Krisenvierteln. Die Kids kennen doch schon nichts anderes mehr, als sich mit Gewalt durchzusetzen. Und was sie sich nicht leisten können, wird geklaut. Aber so richtig schlimm ist es, wenn sie ihren Körper verkaufen. Ich kenne Fälle, da bieten sich sechzehnjährige an. Mädchen wie Jungen. Das kann man sich doch gar nicht vorstellen, so was.«

Steingass trank einen großen Schluck Bier und Blumberg registrierte, wie die Situation seinen Freund belastete. Beruhigend klopfte er ihm auf den Arm.

»Noch zwei Jährchen Heinz, dann hast du es geschafft. Dann kannst du mit deiner Marlene das Leben genießen. Könnt euch um eure Enkel kümmern und öfters verreisen.«

Gedankenverloren nickte Steingass und Blumberg glaubte so etwas wie Wehmut in seinen Gesichtszügen zu sehen. Er wusste um den Zwist in der Familie von Steingass, hatte aber gehofft, dass sich das wieder eingerenkt hätte. Anscheinend nicht. Er bereute es schon, das Thema angesprochen zu haben. Um Steingass abzulenken, nahm er sein Handy von der Anrichte, scrollte ein Foto hoch und zeigte es ihm.

»Heinz, den haben sie, als wir gestern Abend im Wirtshaus saßen, aus der Agger Talsperre gefischt. Eigentlich hätte ich dir das Foto direkt gezeigt, wollte dir aber nicht den Abend verderben.

Kennst du zufällig den Toten?«

Heinz Steingass betrachtete das weißliche, aufgequollene Gesicht und nickte.

»Freddy Kohl, ein alter Bekannter.«

Wie elektrisiert sprang Blumberg von seinem Stuhl auf.

»Wahnsinn. Heinz, der Mann ist dir bekannt, du kannst uns was über ihn sagen?«

»Klar. Ehemaliger Türsteher in einem Kölner Nachtklub. Kohl stand vor zwei Jahren wegen

Vergewaltigung vor Gericht. Doch das Opfer, eine zwanzigjährige Frau, konnte sich plötzlich an den Hergang nicht mehr so genau erinnern. Sie wurde gekauft, Kohl wurde freigesprochen. Außerdem hat er mit Drogen gehandelt. Prostituierte im Umfeld der Kölner Messe waren seine Kunden. Aber geschnappt hat man ihn nie.«

Fragend blickte er Blumberg an.

»Wisst ihr schon Näheres, was sich an der Talsperre abgespielt hat?«

»Leider nein. Wenigstens heute Morgen noch nicht, als ich mit der Hauptkommissarin telefoniert habe. Wie du erkennen kannst, ist Kohl erschossen worden, ob die Obduktion noch was ergibt, ist abzuwarten.«

Während sie sich den Schweinepfeffer schmecken ließen, blieb es eine Weile ruhig zwischen ihnen. Jeder hing seinen Gedanken nach. Abrupt legte Blumberg plötzlich die Gabel zur Seite und sah seinen Gast nachdenklich an. »Heinz, kannst du dir vorstellen, das Kohl etwas mit dem Mord an der Frau in Wiehl zu tun haben könnte?«

Steingass lehnte sich entspannt in seinen Stuhl zurück. »Darüber habe ich auch gerade nachgedacht, es würde passen. Vergewaltigung der Frau, die Junkie-Nadel im Arm von Hendrik.« Betroffen brach er ab und blickte verlegen gegen die Zimmerdecke.

»Aber Mord Heinz, hättest du ihm einen Mord zugetraut?«, hakte Blumberg nach. Resignierend zuckte Steingass mit den Schultern.

»Wer weiß das so genau?«

10

Gummersbach

Es war früher Nachmittag. Sie hatten sich im Kommissariat eingefunden, um die Situation zu checken. Frustriert sah Wagenknecht in die Runde. An Blumberg, der mal wieder Amtshilfe leistete, blieb ihr Blick hängen. Im Gegensatz zu den bisher im Sande verlaufenen Ermittlungen hatte er die Mordwaffe gefunden. Besser gesagt Max, der Sherlock Holmes aller Spürhunde.

Und es musste ausgerechnet ein Rasiermesser sein, ein Gerät, das sie schon als Kind gefürchtet hatte. Wenn sie früher ihren Vater zum Haareschneiden begleitete und zusehen musste, wie der Friseur dominierend das Messer aufklappte und es ihrem Vater an den Hals setzte, hatte sie jedes Mal panische Angst bekommen. Insgeheim hatte sie dann immer gebetet, dass ihrem Vater nicht der Hals durchgeschnitten wurde. Und heute lief irgendwo ein durchgeknallter Typ mit so einem Mordsding in der Tasche herum und hatte eine junge Frau aufgeschlitzt.

Wahnsinn.

»Bevor ich zusammenfasse, dass wir außer der Mordwaffe nichts haben«, versuchte sie mit einem verkniffenen Lächeln die gedrückte Stimmung zu heben, »hat einer noch was Neues auf Lager?«

Blumberg wartete einen Moment, ob sich einer der

Aktiven melden würde, was allerdings nicht der Fall war.

»Etwas Neues haben wir schon«, sagte er, nahm sein zerfleddertes Notizbuch aus der Tasche und blätterte darin herum.

»Wir haben den Namen des Toten aus der Agger Talsperre.«

Er bemerkte den überraschten Blick der Hauptkommissarin und winkte beschwichtigend ab.

»Ich weiß es auch erst seit eben. Mir wurde der Name beim Mittagessen serviert.« Er berichtete, dass Kollege Steingass den Toten kannte und was für ein Kaliber Freddy Kohl gewesen war.

»Fingerabdrücke. Wir müssen die Fingerabdrücke auf dem Rasiermesser mit denen von diesem Kohl vergleichen«, meinte Wolfsbach spontan.

»Genau«, hakte Heike Bachem ein. »Wenn die identisch sind, haben wir den Mörder der Toten.«

»Nicht nur die Fingerabdrücke«, betonte Wagenknecht. »Die Frau wurde vergewaltigt, sprich, wir brauchen schnellstens den Abgleich der DNA. Und laut Hendrik muss es noch einen zweiten Mann geben, den heißt es zu finden, und zwar schnell.«

Sie blickte ihren Stellvertreter an.

»Martin, du und Henny fahrt nach Köln und checkt im Präsidium was über diesen Freddy Kohl vorliegt. Vor allen Dingen, mit welchen Leuten er sich wo in jüngster Zeit herumgetrieben hat. Zieht eine engere Auswahl und überprüft die Alibis der Personen. Ich werde Kriminalrat Schneider informieren, dass er dafür sorgt, dass ihr entsprechende Unterstützung bekommt.

Hoffentlich geratet ihr dabei nicht an so eine Nullnummer wie den Kollegen Keller, der mir so bescheuert gekommen ist.«

»Dem du die Klötze abschneiden wolltest«, konnte sich Henny Strassfeld nicht verkneifen zu erwähnen.

»Muss das überhaupt sein, dass wir im Präsidium aufkreuzen«, knurrte Schlösser. »Die können ihren Hintern doch auch mal bewegen und uns die Ergebnisse mailen.«

Wagenknecht überging den Einwand und blickte in die Runde.

»Also, laut euren Nachforschungen ist die Ermordete weder mit einem Taxi noch mit einem Bus nach Wiehl gekommen. Gemeldet ist sie dort auch nicht, also kann sie nur mit einem Privatwagen dort hingekommen sein. Und mein Gefühl sagt mir, das sie selbst nicht gefahren ist.«

Sie dachte an das Gespräch mit Hendrik.

»Wir haben von Hendrik den Hinweis, dass ihm am Freizeitpark ein SUV Marke Ford aufgefallen ist. Ein dickes Auto mit Kölner Kennzeichen. Aus dem Bauch heraus würde ich behaupten, dass so ein Auto gut zu diesem Freddy Kohl passen könnte. Dass mit diesem Wagen die Frau nach Wiehl gefahren wurde. Heike und Wolfsbach, ihr klärt das. Vielleicht haben wir ja Glück und der Wagen wurde geblitzt oder ist sonst wie aufgefallen. Hakt auch bei den Tankstellen zwischen Overath und Wiehl nach.«

Mit gerunzelter Stirn blickte sie auf die missmutige Miene von Schlösser.

»Martin, check du als erstes, was für eine Karosse

Kohl gefahren hat. Wenn es tatsächlich der Ford ist, den Hendrik bemerkt hat, wären wir wieder ein Stück weiter.«

Anschließend steckte Wagenknecht mit einem leichten Schmunzeln ihre Unterlagen in die Mappe und verkündete, sollte was Wichtiges sein, wären sie und Blumberg in Wiehl auf der Plaza del Sol zu erreichen. Bei einem Pott Kaffee und Obsttorte mit Schlagsahne.

Die Meute stöhnte neidisch auf.

Blumberg wusste von nichts, staunte. Ohne sich auch nur im Entferntesten überwinden zu müssen stimmte er zu.

Es war erstaunlich, sinnierte Blumberg, dass um diese Zeit so viele Leute schon Feierabend hatten. Rund um den Weiherplatz herrschte reges Leben. Jung wie Alt tummelten sich beim Einkaufen, schlenderten wohin auch immer oder ließen es sich auf der Plaza del Sol gutgehen. Mit der Hauptkommissarin an seiner Seite steuerte er einen freien Tisch im schattigen Bereich an. Wenn auch Plaza del Sol, er saß lieber etwas geschützter. Als er Kuchen bestellen wollte, winkte Wagenknecht ab.

»Heute bin ich dran, für die Mordwaffe, die Sie gefunden haben«, sagte sie schmunzelnd.

»Wäre Erdbeertorte mit Sahne recht? Dazu Kaffee oder lieber etwas anderes?«

Kaffee schwarz war okay und bei Erdbeertorte mit Sahne konnte Blumberg sowieso nicht widerstehen. Während Wagenknecht ins Café verschwand, um die Bestellung aufzugeben, bemerkte er zwei Frauen, die auf dem Fußweg von der gegenüberliegenden Wohnanlage herunterkamen. Er müsste sich schwer täuschen, wenn er die beiden nicht kannte.

Wagenknecht setzte sich gerade zu ihm an den Tisch, als die beiden Damen ebenfalls das Café ansteuerten.

Dann gab es ein großes »Hallo.«

Martine Klasing und ihre Lebensgefährtin Doro Albrechti fielen Wagenknecht und Blumberg um den Hals und selbst ein Außenstehender würde bemerken, dass hier echte Zuneigung angesagt war. Klasing und Albrechti sahen klasse aus und Wagenknecht kam sich mal wieder vor wie die Pomeranze vom Lande. Aber sie freute sich riesig, dass es Martine wieder so gut ging. Als Opfer der Organjäger hatte sie Furchtbares durchgemacht. Zum Glück hatte sie Doro, die sie nach der medizinischen Versorgung ins normale Leben zurückholte.

Die beiden setzten sich mit an den Tisch und es kam richtig Stimmung auf. Doro Albrechti, geborene Kölnerin aus der Südstadt und Besitzerin einer renommierten Kölner Galerie, hatte immer was auf Lager, das die Stimmung anheizte. Es entging Blumberg jedoch nicht, dass die schweren Augenbrauen von Albrechti sich zusammenzogen und sie verstohlen die Hauptkommissarin musterte. Hätte ihn auch schwer gewundert, wenn eine so sensible und erfahrene Frau nicht bemerken würde, dass mit Wagenknecht etwas nicht stimmte. Es dauerte dann auch nicht lange und Albrechti schob mit einer energischen Bewegung ihre Kaffeetasse zurück und blickte Wagenknecht ernst an.

»Kareen, was ist los, ist was mit Hendrik?«

Blumberg war baff.

Die Intuition dieser Frau war wirklich erstaunlich. Dafür, dass Wagenknecht in ihrem Job als Hauptkommissarin einmal schlecht drauf war, konnte es tausend Gründe geben. Aber nein, Albrechti hatte mit welchem Instinkt auch immer, den Grund der Depression erkannt.

Wagenknecht versuchte auch erst gar nicht, die Frage abzuwiegeln.

»Ja, es geht um Hendrik, von einer mehr oder weniger privaten Seite aus. Es hängt mit dem Mord an der jungen Frau hier in Wiehl zusammen. Ich nehme an, ihr habt davon gehört.« Dann berichtete sie, soweit sie es dienstlich verantworten konnte, von den Geschehnissen.

»Mein Gott noch!«

Doro Albrechti war entsetzt.

»Das ist doch kaum zu glauben, was hier im Bergischen abgeht. Erst die Geschichte mit der Bande der Organjäger und nun der Mord an einer jungen Frau. Und Hendrik hat es dazu auch noch schwer erwischt.«

Bevor sie noch mehr in Rage kam, legte Martine Klasing ihre Hand auf Doros Arm. Sie hatte bemerkt, wie Wagenknecht bei dem Ausbruch von Doro zusammengezuckt war.

»Wir leben hier ja schließlich nicht am Ende der Welt«, lenkte sie ein, »sondern in einer sehr lebendigen Stadt. Dazu noch in der Nähe von Großstädten, von denen immer irgendein Mist herüberschwappt.«

»Kareen, entschuldige, das war dumm von mir.« Mit verkniffener Miene blickte Albrechti ihre Freundin an. »Martine hat Recht, man kann nicht immer eine heile Welt erwarten. Aber in dem Zusammenhang eine Überlegung. Du hast gesagt, die Tote ist eine auffallend schöne Frau. Eine junge Frau elegant und teuer gekleidet. Also mit Sicherheit kein bedürftiger illegaler Flüchtling.

Ist das richtig?«

»Genau. Nach ihrer ganzen Erscheinung her, kann diese Frau unmöglich ein Flüchtling sein. Sie muss hier bei uns, also ich denke im Großraum Köln, fest etabliert sein. Und doch ist sie nirgends registriert. Sie lebte im Untergrund, wo auch immer.«

»Was ist mit Call Girl?

Teuer, käuflich, im Verborgenen lebend?«, warf Klasing ein.

»Dagegen spricht, dass die Obduktion ergeben hat, dass die Frau bis vor ihrer Vergewaltigung keinen Geschlechtsverkehr hatte. Auch alleine schon ihre strenge, keusche Unterwäsche lässt den Gedanken erst gar nicht zu.«

»Wie wird Hendrik mit dem allem fertig?«

Albrechti studierte das Gesicht von Wagenknecht und glaubte einen Augenblick Panik in ihren Augen zu sehen. Da stimmt ganz gewaltig was nicht, ging es ihr durch den Kopf. Da muss mehr sein, als sie gesagt hat. Es dauerte dann auch eine Weile, bis Wagenknecht mit feuchten Augen die beiden Frauen anblickte.

»Hendrik geht es seit gestern Abend sehr schlecht.

Schlecht deshalb, weil ich ihm sagen musste, dass er mit einer fremden, benutzten Kanüle im Arm gefunden wurde. Mit einer Kanüle, von der noch keiner weiß, ob sie clean war. In Absprache mit den Ärzten hatte ich ihm das bis jetzt verschwiegen. Wir wollten ihn in seinem instabilen Zustand nicht damit belasten. Aber morgen fahre ich mit ihm zur Nachuntersuchung in die Klinik und dort liegt dann auch das erste Laborergebnis vor. Wenn auch nur ein Vorläufiges. Deshalb muss er wissen, was los ist.«

Ihre Stimme brach weg, sie konnte nicht mehr. Mit dem Ärmel wischte sie sich über das Gesicht und blickte abwesend über den Weiherplatz.

Betroffen blickten die beiden Frauen sich an. Ihnen war klar, dass sie nichts vorbringen konnten, dass ihre Freundin beruhigen würde. Sie konnten sich vorstellen, mit welchen Horrorvisionen sie und Hendrik derzeit leben mussten. Hilfesuchend sahen sie zu Blumberg hin, erkannten an seiner Miene, dass er informiert war. Anscheinend wusste er aber auch nicht, wie man Wagenknecht in dieser Situation trösten konnte.

Grübelnd hing die Runde ihren Gedanken nach, als das Handy von Albrecht die Stille unterbrach. Sie holte es aus der Umhängetasche und hörte ihrem Geschäftspartner eine Weile zu, gab ein paar Zahlen durch, nickte schließlich zustimmend und meinte, dass sie bei der Präsentation dabei sein würde. Sie beendete das Gespräch und sah mit zufriedener Miene zu ihrer Lebensgefährtin hin. An Wagenknecht gewandt entschuldigte sie sich für die Unterbrechung.

Diese winkte ab.

»Doro, das ist schon okay, ich bin für jede Ablenkung dankbar. Ich hoffe, du hast ein gutes Geschäft gemacht.«

»Noch nicht ganz Kinder, aber mein Partner Frohwein hat einen Interessenten an der Angel. Einen stinkreichen Kunstsammler aus dem Emirat. Der Mann ist an den beiden Bildern von Miro interessiert, die ich auf der Art Cologne ausstelle. In dem Magazin Gallery Art habe ich eine Publikation über die Kunstwerke veröffentlicht und darüber muss er wohl gestolpert sein. Und wie ihr sicher mitbekommen habt, geht es hier um sechsstellige Beträge.«

Zufrieden lehnte Albrechti sich in den Stuhl zurück und trank einen Schluck Kaffee. Wenn das Geschäft klappte, ging es ihr durch den Kopf, hatte ihre Galerie endlich den internationalen Durchbruch geschafft.

»Wie machst du es, einen solch garantiert anspruchsvollen Kunden bei der Stange zu halten?«, wollte Blumberg wissen. Er war froh, dass das Thema die Hauptkommissarin etwas ablenkte.

»Das ist ja das Kuriose«, erklärte Albrechti. »Kunden, die beim Kaufpreis um jeden Euro feilschen, erwarten, dass wir ihnen auch noch Aufmerksamkeiten zukommen lassen. Zum Beispiel ein feudales Essen, ein hochwertiges Präsent oder so. Dagegen die Leute, die richtig Kohle haben, interessiert das nicht. Im Gegenteil, die laden manchmal uns noch ein. Man kann sich gar nicht vorstellen, wie viel Geld so eine Klientel täglich ausgibt.«

Sie blickte in die interessierten Gesichter ihrer Freunde.

»Eine Bekannte von Frohwein ist Managerin in einer Service Agentur. Diese Firma hat eine Nische entdeckt und verdient irres Geld. Also, wenn schwerreiche Herren ohne Damenbegleitung nach Köln kommen, was sehr oft der Fall ist, engagieren sie für die Dauer ihres Aufenthaltes bei dieser Agentur Frauen als Begleitung. Umwerfend schöne Frauen für gesellschaftliche Meetings, Essen und dergleichen. Umso schöner und jünger die Frau, desto höher steigt ihr Ansehen, so glauben die Männer. Oft sind es alte Knacker aus dem Emirat, aus Indien, Naher Osten. Ein Tageshonorar von mehreren Tausend Euro ist dabei der Normaltarif. Und die Damen müssen noch nicht mal mit ihren Kunden ins Bett gehen. Es geht nur um die Repräsentation, um das Ego der Herren. Allerdings wird vorausgesetzt, dass die Frauen gebildet sind, die Sprache ihrer Kunden sprechen und wissen, wie man sich in der gehobenen Gesellschaft bewegt. Nicht wenige der Frauen haben den Abschluss eines wissenschaftlichen Studiums, sprechen mehrere Sprachen und sind wie gesagt, bildschön.

Das mal nur am Rande, was es so alles gibt.

Aber nochmal zu Hendrik.«

Aufmunternd sah sie Wagenknecht an.

»Kareen, du und Hendrik habt jetzt eine schwere Zeit durchzumachen und eines solltest du wissen: Wenn ihr Hilfe benötigt, egal in welcher Art, Martine und ich sind immer für euch da.

Egal, was ist.

Solltet ihr ein zweites medizinisches Gutachten benötigen, einige Chefärzte der Uni Klinik sind gute und langjährige Freunde von mir. Die helfen euch mit Sicherheit.«

Martine Klasing nickte bestätigend und strich sich über ihre dichten, schwarzen Haare.

»Und ich werde, wenn du in deinem dienstlichen Stress festhängst, Hendrik öfters besuchen«, setzte sie nach. »Als Homöopathin kann ich ihn etwas auf Vordermann bringen. Ich habe da einige Mittelchen, die seine Stimmung heben werden. Ist ja gut, dass wir nur ein paar Minuten auseinander wohnen.«

»Und wenn das mit dem Verkauf der zwei Miro klappt und Hendrik wieder fit ist, lade ich euch alle nach Köln ein«, warf Albrechti dazwischen. »Dort machen wir dann einen Zug durch die Altstadt. Vorher zeige ich euch aber, wo ich in der Südstadt meine Kindheit verbracht habe. Wo ich mit meinem Vater gewohnt habe. Und wenn wir Glück haben, können wir sogar einen Blick hinter die Kulissen des Hänneschen Theater werfen. Mein Vater war ja dort jahrelang Puppenspieler und Interpret des *Schäl*. Seine Stimme war so beeindruckend, dass meine französische Mutter bei ihrem ersten Theaterbesuch schwach wurde und nach der Vorstellung mit meinem Vater einen One Night Stand hingelegt hat. Auf die Tour bin ich entstanden.«

Mit feuchten Augen trank Albrechti einen Schluck Kaffee und sah dann lächelnd in die Runde.

»Kinder, eigentlich ist es doch egal, ob ich die zwei Miro verkaufe oder nicht, die Einladung nach Köln steht. So, oder so.«

Sichtlich beruhigt spendierte Blumberg eine Runde

Kaffee. Er war froh, dass die Hauptkommissarin wusste, dass sie Hilfe bekommen würde, sollte es nötig sein. Wobei er hoffte, dass es nicht so weit kommen würde.

Sie diskutierten noch über die mögliche Herkunft der Toten in der Klo-Kiste und spekulierten, ob ein Bezug zu dem Erschossenen aus der Agger Talsperre bestehen könnte. Dabei hoffte Wagenknecht, dass ihr Kollege Schlösser in Köln etwas ausgraben würde, das ihnen weiterhelfen könnte. Sie wollte diesen Fall so schnell wie möglich geklärt haben. Und das nicht nur aus dienstlichen Gründen.

Schließlich blickte sie auf die Uhr und meinte, sie müsste sich um Hendrik kümmern. Morgen würde es für ihn ein anstrengender Tag werden. Dass sie selbst schon das Flattern hatte, ließ sie sich nicht anmerken. Doch Blumberg war ihre offensichtlich angespannte Körpersprache nicht entgangen.

11

Fleur de Vries

Alina Ysum hatte die dankbare Aufgabe, die Stellung in der Dienststelle zu halten. Ihre Kollegen waren ausgeflogen und es war ruhig, unnatürlich ruhig. Sie dachte an ihre Chefin, an die Frau, der sie so viel zu verdanken hatte. Die sich um sie kümmerte, als ihre türkische Familie sie verstoßen hatte, weil sie ein uneheliches Kind von einem deutschen Christen bekam. Wagenknecht hatte sie am Busbahnhof in Gummersbach aufgegabelt und kurzerhand mit zu sich nach Hause genommen. Anschließend hatte die Hauptkommissarin alles in Bewegung gesetzt, damit sie eine Chance bekam.

Nun musste sie unentwegt daran denken, das Wagenknecht und ihr Lebensgefährte in einer Situation waren, wo ihnen keiner helfen konnte, in der sie alleine mit ihren Sorgen waren. Es bedrückte sie und manchmal betete sie, dass hoffentlich bald alles wieder gut sein würde.

Um sich abzulenken, nahm sie die Berichte über die Morde aus der Mappe, legte die Personenfotos nebeneinander und betrachtete sie nachdenklich.

Freddy Kohl, ein selbst im Tode noch brutal aussehender Mann, berührte sie wenig. Eigentlich gar nicht. Sie ahnte, dass dieser Mensch anderen viel Schlimmes angetan hatte. Im schlimmsten Fall war er der Vergewaltiger und Mörder der unbekannten Frau. Sie dachte daran, dass U. Schöne aus etwa der gleichen Kultur stammen musste, in der auch sie hineingeboren wurde. Dass diese schöne, junge Frau sich ihre Unberührtheit bewahrt hatte, obwohl sie mit Sicherheit von Männern umworben, wenn nicht sogar bedrängt wurde. Ein Schauer lief ihr über den Rücken, als sich ein schreckliches Bild in ihrem Kopf festsetzen wollte. Ein Bild, das zeigte, auf welche Weise U. Schöne getötet wurde. Und wo. Ein Bau-Klo, eine Kunststoffkiste als Sterberaum. Unvorstellbar.

Sie bekam das Bedürfnis nach einem Espresso und wollte die Teeküche im Sozialraum aufsuchen, als ihr PC verkündete, dass eine Mail eingegangen war. Abgesendet aus der Pathologie in Köln. Ihr Blick blieb sofort an dem gelb markierten Satz hängen, in dem der DNA-Abgleich der beiden Mordopfer positiv dokumentiert wurde.

U. Schöne wurde zweifelsfrei von Freddy Kohl vergewaltigt. Weiterhin war die Bestätigung markiert, dass das Rasiermesser mit den Fingerabdrücken von Kohl die Tatwaffe war.

Diese abscheuliche Bestie.

Alina konnte nicht anders, sie spukte auf das Foto des Mörders und brach in Tränen aus.

Wolfsbach fuhr im Stopp und Go Takt durch die einspurige Baustelle auf der Westtangente in Richtung Gummersbach, während neben ihm seine Kollegin die eingegangenen Mails auf ihrem Handy checkte.

»Volltreffer!

Geblitzt um 14.28 Uhr in Alperbrück.«

Triumphierend blickte Heike Bachem zu Wolfsbach hin.

»Ein Ford SUV mit Kölner Kennzeichen. Mit dem Kennzeichen, das Martin auf den Namen Freddy Kohl ermittelt hat.

Und die Zeit passt genau.

Zwischen dem Blitzer und dem Überfall auf Hendrik liegt etwa eine knappe Stunde. Also hatte Kohl Zeit genug, um in aller Ruhe nach Wiehl zu fahren, sich dort umzusehen, um anschließend in dem Naturgebiet zu landen. Die Todeszeit von U. Schöne liegt im gleichen Zeitfenster.«

Heike Bachem scrollte eine Nachricht zurück und las nochmals die Mail von Alina, die als Info an alle Kollegen gegangen war.

»Freddy Kohl, er war es also. Dieses Schwein hat es nicht besser verdient, als in der Agger Talsperre versenkt zu werden. Schade nur, dass er da bereits tot war«, knurrte sie aufgebracht.

»Schlösser schreibt, dass nach dem SUV gefahndet wird. Es ist ja immer noch offen, ob U. Schöne mit in dem Wagen saß, oder erst später auf ihren Mörder gestoßen ist. Die Untersuchung des Fahrzeugs könnte da Genaueres ergeben.«

»Wir tappen aber weiterhin im Dunkeln, wer der zweite Mann ist, den Hendrik gesehen hat«, stellte Wolfsbach fest.

»Und weshalb und von wem Kohl kurz darauf erschossen wurde«, spannte Heike Bachem den Bogen weiter. »Gernolf, ich habe das miese Gefühl, dass hier bei uns mal wieder eine große Sauerei im Gange ist.«

Gereizt und nervös ging Eline Hendriks durch das Landhaus. Hin und wieder warf sie einen Blick in die Aufbaumeetings, wie sie die Seminare nannte, in denen ihre Schützlinge auf ihre Aufgaben in der noblen Welt getrimmt wurden. Schützlinge, die in kürzester Zeit *Agency Exhibition Cologne* richtig Geld in die Kasse spülen sollten. Und nun musste sie Wafa, eine schon fest eingeplante Umsatzträgerin, von der Liste streichen.

Mit zunehmender Sorge dachte sie an den Termin mit ihrer Chefin, die gleich aufkreuzen würde. Fleur de Vries war schon öfter da gewesen, um sich von dem Fortschritt, den die Kandidatinnen machten, zu informieren. Bei ihrer letzten Visite war sie in Begleitung einer grauen Eminenz gewesen, wie ihn Eline heimlich getauft hatte. Ein Mann, der sich jovial und verständnisvoll gab. Als stiller Sponsor hatte ihn Fleur de Vries vorgestellt, dem die Förderung von Flüchtlingen besonders am Herzen lag. Frederick von Arnstätten war dann auch ganz begeistert gewesen, in welchem ansprechenden Ambiente und mit welchen modernen Methoden die Teilnehmerinnen in ihre neue Welt eingeführt wurden. Wohlwollend hatte er sich mit der Zusage, das Projekt weiter fördern zu wollen, verabschiedet.

Und nun dieser Albtraum mit Wafa.

Zudem war in der Nacht Freddy Kohl ohne ein Wort zu sagen, verschwunden. Ihr Gefühl sagte ihr, dass es mit dem Verschwinden von Wafa zu tun haben musste. Und sein Kumpel Elias wusste anscheinend nicht, wieso und wohin er verschwunden war. Sie wollte es auch nicht wissen, darum sollte sich Fleur de Vries kümmern. Letztendlich hatte sie die Bodyguards nach Wiehl geschickt.

Um sich etwas abzulenken, ging sie auf die Westterrasse und blickte zum Bismarckturm hoch. Ein historisches Bauwerk, das anfing zu bröckeln, wie so vieles im Leben, stellte sie resigniert fest. In dem Moment bemerkte sie die weiße Limousine, die in die Einfahrt fuhr.

»Okay«, brummelte sie vor sich hin, »bringen wir es hinter uns.«

Noch bevor der Fahrer ihr die Wagentür öffnen konnte, stieg elegant, sündhaft teuer gekleidet und bildschön, Fleur de Vries aus dem Fond der S-Klasse. Wieder einmal war Eline beeindruckt von dieser Frau. Annähernd an die fünfzig, strahlte die schlanke, mittelgroße Gestalt die Energie einer um Jahrzehnte jüngeren Frau aus. Mit einem Lächeln kam sie auf Eline zu und nahm sie in die Arme.

»Mein Gott noch, was musst du Ärmste mitmachen«, sagte sie mitfühlend. Dann rückte sie etwas von Eline ab und sah sie prüfend an.

»Alles okay mit dir?«

Eline wollte es nicht glauben, sie hatte damit gerechnet von ihrer Chefin direkt in die Mangel genommen zu werden, und jetzt so eine Begrüßung.

»Nichts ist okay Fleur«, quetschte sie heraus, »ich bin froh, dass du da bist.«

Mit einem »alles wird gut«, hakte sich Fleur de Vries

bei ihr unter und sie gingen ins Haus. Aus den Augenwinkeln heraus bemerkte Eline, wie der Klotz von einem Fahrer ihnen folgte.

Graziös setzte sich Fleur de Vries im Wohnbereich in einen Sessel, schlug die Beine übereinander und bat Eline um einen Tomatensaft. Nach dem Probeschluck gab sie einen Hauch Chili hinzu, probierte und verzog zufrieden das Gesicht.

»Lecker, so ein Aroma betonter Saft bekomme ich nur bei dir.« Entspannt drückte sie sich in das weiche Leder und forderte Eline auf, exakt zu berichten, wie es zu dem Verschwinden von Wafa kommen konnte.

Danach blieb es lange still.

Es war eindeutig, in der Chefin von *Exhibition Agency Cologne* arbeitete es. Eline glaubte in ihrem Gesicht Anzeichen zu sehen, dass sie jeden Moment explodieren würde.

»Nein«, äußerte sich Fleur de Vries schließlich.

»Für das Verschwinden von Wafa kannst du nichts. Aber die beiden Bodyguards hätten sie nicht alleine in dieses Flüchtlingsheim gehen lassen dürfen.«

Auf ihrer Stirn bildete sich eine steile Falte.

»Und das Freddy Kohl verschwunden ist, macht mir Angst. Eline, ich glaube, wir müssen mit dem Schlimmsten rechnen.« Sie nahm einen Schluck Tomatensaft und setzte das Glas frustriert auf den Tisch.

»Ich könnte mich irgendwohin beißen, dass ich die beiden Bodyguards schwarz beschäftigt habe und ihre Firma nun nicht haftbar machen kann.«

»Was?«

Entsetzt blickte Eline sie an.

»Die waren gar nicht im Auftrag ihrer Security Firma hier?«

»Nein, die hatten Urlaub und haben mich um einen Job gefragt, um sich was nebenbei zu verdienen.«

»Na toll.«

Eline setzte sich auf den nächstbesten Stuhl, sie konnte nicht mehr. »Dann haben die ganze Kacke ja wir am Hals.«

In Absprache mit Igor, ein Bär von einem Mann, mit schwarzen Knopfaugen, dichter, kurz geschnittener Mähne und mit Pranken, die ein Eisenrohr biegen konnten, legten sie anschließend fest, unter welchen Sicherheitsmaßnahmen zukünftige Unternehmungen gemacht werden mussten. Fleur de Vries bestand darauf, dass außer Igor entweder Eline oder ihr Kollege Ruben die Damen begleiten sollten. Für Wiehl bestand erst einmal Ausgehverbot. Nur Eline durfte zum Einkaufen in die City fahren. Und Elias wurde mit der Auflage entlassen, sich sofort zu melden, wenn er etwas von Freddy Kohl hören sollte. Ansonsten könnte er sich seinen Lohn irgendwohin schreiben, so die Agenturchefin.

»Okay.« Fleur de Vries erhob sich aus dem Sessel, reckte sich und wollte dann noch mit Ghada unter vier Augen reden.

»Wir müssen sehen, dass Ghada nicht schlapp macht«, sagte sie und blickte Eline durchdringend an.

»Noch einen Verlust kann ich nicht hinnehmen.«

Sie ging schon zur Tür, als sie sich nochmals umdrehte und Eline bat, die Libanesinnen Samira und

Yara, sowie Jefraen, die aus Tunesien stammte, in den Speiseraum zu versammeln. Sie wollte sich die Frauen ansehen und ihnen ein kleines Geschenk machen.

»Ach ja, vor der Rückfahrt hätte ich gerne noch eine Tasse Kaffee. Wenn du bitte so freundlichst wärst?«

Stumm nickte Eline und atmete innerlich auf, dass es so gut gelaufen war, dass sie sich nicht nach einem neuen Job umsehen musste.

12

Appartement Wolfsbach

Nach Dienstschluss wollte Heike Bachem direkt nach Hause. Der Wäschekorb lief über, es wurde mal wieder Zeit die Waschmaschine anzuschmeißen, und geputzt müsste auch werden. Manchmal war sie ihr Single Dasein richtig leid. Sie hatte keine Möglichkeit, einmal Hilfe in Anspruch nehmen zu können. Und jeden Abend alleine im Bett liegen war auch nicht unbedingt die Erfüllung eines zufriedenen Sexuallebens. Aber sie hatte einfach noch keinen Bock auf eine neue Beziehung. Tim, ihr Lebensabschnittsgefährte, hatte sich dermaßen zu einem Arschloch entwickelt, dass sie erst einmal die Nase voll hatte. Der Stachel saß zu tief.

Verstohlen blickte sie ihren Kollegen von der Seite an, musterte seine Gesichtszüge, den etwas sinnlichen Mund. Wolfsbach hatte es in seinem Leben auch nicht einfach gehabt, ging es ihr durch den Kopf. Hatte zwar nie finanzielle Sorgen, musste aber jeglicher Zuneigung seitens seiner Eltern entbehren. Geschwister hatte er keine und soweit sie wusste, auch keine feste Beziehung.

Sie vermutete, dass er auch nicht so ganz glücklich mit seinem Dasein war. Nach außen hin machte er sich durch seine etwas arrogante Art oft unbeliebt. Auch sie hatte ihn die erste Zeit im Kommissariat geschnitten, ab und an auch abgekanzelt.

Erst bei ihrem letzten Fall hatte sie ihn besser kennengelernt und hinter seiner Fassade geblickt. Sie musste sich eingestehen, dass sie seitdem etwas für ihn empfand. Anfangs wollte sie es erst nicht wahrhaben, entschloss sich aber schließlich über ihren Schatten zu springen und es mit ihm zu versuchen.

Langsam, testend. Sich einen Rückzug ohne Nachwirkungen offen haltend.

Er war in sie verknallt, das hatte sie deutlich gespürt. Aber wenn überhaupt, würde sie die Initiative ergreifen.

Sie musterte den neu gestalteten Steinmüller Platz, blickte hin zu dem Einkaufszentrum mit seinen einladenden Bistros. Überlegte, ob sie sich nach den krassen Vorfällen und vielen Dienststunden einen Abend mit einem Fantasy Film, mit Leckeres zu essen und dazu ein Glas Wein, gönnen sollte.

Das wäre doch mal was.

Sie drückte sich in den Sitz, schloss die Augen und seufzte leise.

»Hallo, denkt da jemand an etwas Bestimmtes?«, äußerte sich Wolfsbach und spinkste zu ihr hin.

»Ich träume Gernolf, ich träume von einem schönen, entspannten Abend. Aber dann sehe ich bei mir zu Hause den vollen Wäschekorb, die Waschmaschine, die ihre Krallen nach mir ausstreckt und der Putzeimer will auch mal wieder bewegt werden. Ein echt trauriges Leben.«

Wolfsbach wurde durch einen Senior abgelenkt, der seine Mobilität überschätzte und mal eben die Straße überqueren wollte. Nur mit einer Vollbremsung konnte er verhindern, dass der alte Herr die nächsten Wochen im Krankenhaus verbringen musste. Und das auch nur bei viel Glück.

Heike Bachem, die nicht damit gerechnet hatte, wurde nach vorne geschleudert und dankte mal wieder dem Erfinder des Sicherheitsgurtes.

»Ist doch wohl nicht wahr«, schimpfte Wolfsbach. »Ausgerechnet die Rentner können nicht mal eine Minute warten.«

Die Situation abschätzend sah Heike Bachem dem Mann hinterher, der weiter trottete und die Gefährlichkeit der Situation wohl nicht erfasst hatte.

»Lass mal, Gernolf«, meinte sie, »wer weiß, wie wir in dem Alter drauf sind.«

»Auf den Schreck gebe ich einen aus«, meinte er grinsend. »Wir brauchen jetzt was als Nervenstärkung. Und ich habe da auch schon eine Idee.«

Spontan wollte Heike Bachem ablehnen, fand dann aber die Aussicht, Waschmaschine und Putzeimer nach hinten schieben zu können, auch nicht übel.

»Okay, du hast mich überzeugt«, stimmte sie zu und legte ihre Hand auf seinen Oberschenkel. Durch die dünne Tuchhose fühlte sie die Wärme seines Körpers, bemerkte, wie seine Muskeln sich leicht anspannten, spürte das Kribbeln in ihrem Bauch und empfand das irgendwie gar nicht mal so schlecht.

Da sie ihren Mini auf dem Parkplatz stehen hatte, setzte Wolfsbach sie dort ab, deponierte Schlüssel und Papiere des Dienstfahrzeuges beim Pförtner und stieg anschließend zu ihr ins Auto.

»Wo hast du deinen Porsche?«, fragte sie.

»Inspektion. Morgen bekomme ich ihn wieder.«

Obwohl sie doch schon mehrere Male in der Wohnung ihres Kollegen gewesen war, um sich einen Fantasy Film auszuleihen, beeindruckte sie wieder die moderne Eleganz des neuen Steinmüller Apartmenthauses. Viel Glas, Chrom, alles clean und der Aufzug fuhr sogar bis in sein Penthouse. Da kam bei weitem ihre neue Wohnung in dem sanierten Bielstein Haus nicht mit. Und die war schon top.

Als sie den Aufzug verließen und in die Eingangsdiele kamen, bugsierte Wolfsbach sie in den Wohnraum, drückte sie behutsam in das weiche Leder eines bequemen Clubsessel, legte ihre Beine auf einen Hocker und verschwand, ohne ein Wort zu verlieren in irgendwelchen Räumlichkeiten.

Heike Bachem war baff.

Eine solch entschlossene Reaktion hätte sie ihm nicht zugetraut. Aber man könnte sich daran gewöhnen, sinnierte sie angetan.

Kurz darauf kam Wolfsbach mit zwei Gläser Weißwein zurück und reichte ihr eines.

»So, jetzt wird entspannt«, sagte er bestimmt und stieß mit ihr an. »Hier habe ich noch das Magazin Fantasy News, die Filme habe ich alle da. In der Zeit, wo ich das Essen mache, kannst du dir einen Film aussuchen.« Er drehte sich um und verschwand in die Küche.

Sie musste wohl eingeschlafen sein, als sie durch einen zaghaften Stupser wach wurde. Wolfsbach saß ihr gegenüber und blickte sie lächelnd an. Sie nahm einen appetitlichen Duft wahr, der durch den Raum schwebte. »Wow, was hast du denn gezaubert«, sagte sie überrascht und blickte auf die Platte mit garniertem Gemüsereis und gebratener Hähnchenbrust.

»Entschuldige, dass ich den Couchtisch eingedeckt habe, aber ich dachte, so könnten wir beim Essen gemütlich den Film sehen«, erklärte Wolfsbach.

Heike Bachem konnte nicht anders, sie rappelte sich aus ihrem Sessel auf, setzte sich ihm auf den Schoß und fasste mit beiden Händen zaghaft seinen Kopf. Ernst blickte sie ihm eine Weile in die Augen.

»Du darfst mich nie enttäuschen«, sagte sie dann mit glänzenden Augen und küsste ihn.

Es wurde ein Abend, wie sie ihn noch vor Stunden nicht für möglich gehalten hätte. Das Essen schmeckte umwerfend gut, sie hätte nie vermutet, dass Wolfsbach so gut kochen konnte. Den Gemüsereis hatte er mit frischen, aromatischen Kräutern garniert und zu der Hähnchenbrust gab es eine scharfe Currysoße. Sie war hin und weg. Als Wolfsbach vorschlug, doch mal öfter gemeinsam zu kochen, war sie sofort dabei.

Nach dem Essen stoppten sie den Film. Heike Bachem räumte ab und Wolfsbach meinte, für alle Fälle würde er noch eine Flasche Wein kaltstellen.

Mit Salzgebäck und Chips machten sie es sich danach auf der Couch bequem, sahen sich den Film *Smaragdgrün* weiter an und Heike Bachem bekam eine Gänsehaut, als Wolfsbach gefühlsbetont ihren Nacken und Rücken massierte. Sie malte sich gerade aus, wie es nach dem Film weitergehen könnte, als ihr Handy brummte.

»Nein«, knurrte sie, als sie die Nummer sah.

»Kollege Schlösser.«

Sie hörte eine Weile stumm zu, meinte motzig, das hätte doch auch Zeit bis morgen gehabt und beendete frustriert das Gespräch.

»In Köln hat man den SUV von Freddy Kohl gefunden. In Deutz, in der Nähe der Lanxess Arena. Könnte ein Hinweis darauf sein, dass in dieser Ecke Kohl gelebt hat. Schlösser und zwei Kölner Kollegen grasen morgen das Viertel ab. Wenn wir Glück haben, finden sie die Bude von ihm. Kann natürlich sein, dass der Wagen bewusst weit weg von seinem Wohnort abgestellt wurde. Wenn Kohl überhaupt in Köln wohnte. Gemeldet ist er noch bei seiner Mutter in Ehrenfeld. Sie hat ihn aber Jahre nicht mehr zu Gesicht bekommen, hat sie Schlösser erzählt. Mit dem Fahrzeug beschäftigt sich jetzt die Kriminaltechnik.«

Sie nahm einen großen Schluck Wein und sah Wolfsbach entschlossen an.

»Jetzt Schluss mit dem Thema, wir lassen uns den schönen Abend nicht kaputtmachen. Aber«, sie zeigte verschmitzt auf das Weinglas. »Ich glaube, ich darf nicht mehr fahren. Meinst du, ich könnte das Gästebett in Beschlag nehmen?«

»Gästebett geht nicht, da kommen schon die Sprungfedern raus«, antwortete Wolfsbach todernst, »aber ein schönes großes Wasserbett mit Einweisung könnte ich anbieten.«

»Hört sich interessant an, das nehme ich«, stimmte Heike Bachem vergnügt zu.

»Dann gehe ich schon mal duschen.«

13

Kölner Altstadt

»Kripo Köln. Keller hier.« Die Stimme erinnerte Wagenknecht an Schmierfett, in das man hineintritt.

»Wir haben was gefunden.«

Dann kam nichts mehr.

Wagenknecht hätte am liebsten direkt wieder aufgelegt.

Keller!

Der Mann hatte sie schon beim letzten Fall genervt. Aber sie wollte es auf die sanfte Tour machen.

»Und«, sagte sie, »kommt da noch was?«

Sie hörte ein Räuspern, dann sah der Teilnehmer wohl ein, dass er etwas mehr sagen müsste.

»Wir können euch einen entscheidenden Hinweis in dem Mordfall Freddy Kohl geben. Oder sollen wir vielleicht doch selbst? Wir haben ausgebildete Leute.«

Wagenknecht glaubte es nicht, dieser Typ brachte sie schon wieder auf die Palme. Aber sie konnte auch und schwieg.

»Also gut. Wir haben in dem Wagen von diesem Kohl Fingerabdrücke und was weiß ich alles gefunden, das noch analysiert wird.

Das dauert.

Ein direkter Hinweis ist eine Geschäftskarte von einer Kneipe in der Kölner Altstadt, personifiziert.«

Dann kam wieder nichts. Wagenknecht hörte, wie

der Kollege irgendetwas trank und danach genüsslich rülpste. Ihr sowieso schon stark strapaziertes Nervenkostüm bekam einen Riss. Sie konnte nicht mehr.

»Keller«, sagte sie betont leise, »ich habe schon angedroht Ihnen die Klötze abzuschneiden, ich glaube, ihren Schniegel säbele ich gleich mit ab. Vielleicht bringt das überschüssige Testosteron dann ja mal ihr Gehirn in Bewegung.«

Anscheinend musste sich Keller verschluckt haben, sie hörte ein Röcheln und es dauerte eine Weile, bis er sich bemerkbar machte.

»Kneipe *Altstadttreff*, Leni Köster, ich maile Ihnen die Karte zu«, würgte er heraus und legte auf.

Wie oft um die frühe Abendstunde zog sich der Verkehr ab dem Autobahnkreuz Ost zähflüssig in Richtung Köln. Im Schritttempo ging es über die Zoobrücke und Blumberg rechnete damit, dass die Chance, in der Innenstadt einen Parkplatz zu ergattern, mal wieder Nerven kosten würde. Doch etwas Gutes hatte die Langsamkeit des Fahrens, er konnte das überwältigende Panorama der Kölner Metropole bewundern. Herausragend das gewaltige sakrale Bauwerk, das durch die Reliquien der Heiligen Drei Könige zum Wallfahrtsort und damit weltberühmt wurde. Als Kontrast dazu durchpflügten mit schäumenden Bugwellen die weißen Schwäne der Köln Düsseldorfer Rheinschifffahrt dass ruhige Wasser des Vater Rhein. Passagiere auf den Oberdecks winkten ihren Kollegen in den Gondeln zu, die es vorgezogen hatten, über den Rhein zu schweben.

Blumberg dachte daran, wie er als Kind auf einem dieser weißen Schiffe den Rhein aufwärts bis Königswinter gefahren war und es dann weiter per Esel den Drachenfels hinaufging. Ein Ausflug, der damals fast schon Tradition war und auch heute noch gepflegt wurde. Möglicherweise zog die Menschen heute ja noch mehr die Ruhe auf dem Wasser an, es gab keine Staus und starke Nerven für irgendwelche Warteschleifen waren auch nicht angesagt.

Von der Seite musterte er die Hauptkommissarin, die scheinbar die nervende Verkehrssituation sichtlich entspannt anging. Möglicherweise tat es ihr ja gut, schoss es ihm durch den Kopf, dass sie von ihren häuslichen Problemen mal für ein paar Stunden wegkam.

»Altstadt, wo parke ich da am besten?«, fragte sie. »Ob wir in der Tiefgarage am Dom Chancen haben?«

»Wenn wir in der Kölner Dom Lotterie gewonnen haben, könnte das sein«, antwortete Blumberg pessimistisch.

Sie hatten gewonnen.

Auf der untersten Ebene des Parkhauses scherte gerade ein Trabi aus Honeckers Zeiten aus der Parkfläche und Minuten später empfing sie über Tage der Dom mit seinen gewaltigen Ausmaßen. Von dem Anblick war Blumberg mal wieder mächtig beeindruckt. Entscheidend war nicht nur die Höhe des Bauwerks, sondern die ganz spezielle Bauform. Er konnte sich daran erinnern, dass er früher mit seiner Mutter einmal im Dom gewesen war und sie ihm anschließend ein Andenken gekauft hatte. Eine Miniaturausgabe des Doms in Bronze.

Na ja, in Bronze lackiert.

Das Aufregende dabei war, dass er das riesige Bauwerk nun von allen Seiten bestaunen konnte. Manchmal konnte er sich gar nicht satt daran sehen.

Wagenknecht bemerkte, wie der ehemalige Chef der Kölner Kripo von dem Anblick der Kathedrale gefesselt wurde und ihr schoss der Gedanke durch den Kopf, ob es vielleicht was nützen würde, wenn sie im Dom eine Kerze für Hendrik aufstellen würde. Aber da sie sonst nicht gerade eine überzeugte Christin war, kam ihr das wie Heuchelei vor.

Stattdessen hakte sie sich bei Blumberg unter und zog ihn in Richtung Rheinufer. Sie hatten noch etwas Zeit und sie wollte das faszinierende Licht der Abendsonne über dem Strom genießen. Anschließend schlenderten sie durch die Altstadt und sie genoss die etwas muffige Atmosphäre der alten Gebäude.

Die Kneipe *Altstadttreff* fanden sie in einer schmalen Nebenstraße vom Alter Markt und trotz der frühen Abendstunde war sie gerammelt voll. Das schöne Wetter brachte die Kasse zum Klingeln. Es war laut und Blumberg konnte kaum verstehen, was die Hauptkommissarin zu ihm sagte. Das war nun gar nicht das seine. Sie kämpften sich bis zum Ende der Theke vor und Wagenknecht fasste eine Kellnerin am Ärmel, die schmutziges Geschirr abräumte.

»Entschuldigung.«

Sie zeigte der stämmigen Frau ihren Ausweis.

»Ich brauche eine Auskunft, ich muss den Wirt

sprechen.« Mit dem Kopf deutete die Kellnerin auf den Mann am Ausschank.

»Ich sage Pitter Bescheid.«

Kölsches Urgestein, ordnete Blumberg den Mann ein. Der Wirt hatte seine Ärmel aufgekrempelt und das Hemd weit aufgeknöpft, damit der Pelz auf seiner Brust zu sehen war. Könnte auch ein Toupet sein, überlegte Blumberg, soll ja heute üblich sein. Beherrscht wurde das Gesicht von einem wahren Zinken von Nase und einem Schnäuzer, den man als Kunstwerk bezeichnen konnte. Links und rechts waren die Barthaare gut zehn Zentimeter hoch gezwirbelt, die Endspitzen mehrmals gedreht und dann zu einem winzigen Nest aufgefächert. Und darin eingebettet, Blumberg sah zweimal hin um es glauben zu können, ein rundes Piercing.

Wahnsinn.

Wie man mit so einem Ding überhaupt schlafen konnte, war ihm schleierhaft.

Mit lautem Knall platzierte der Wirt zwei Bierdeckel vor ihnen auf die Theke, stellte nicht weniger geräuschvoll zwei Kölsch darauf und sah sie durch seine runde Nickelbrille abschätzend an.

»Ich bin der Pitter und die Kölsch gehen aufs Haus. Was kann ich für euch tun?«

Wagenknecht stellte sich und Blumberg vor und legte die Geschäftskarte, die in Kohls Auto gefunden wurde, auf die Theke.

»Bei Ihnen arbeitet eine Leni Köster?«

»Klar«, der Wirt blickte zur Kellnerin hin, die einen Bierkranz durch die Gegend bugsierte und routiniert den Gästen ihr Kölsch hinstellte.

»Hat sie was ausgefressen? Kann ich mir aber eigentlich nicht vorstellen. Leni ist schon einige Jahre bei mir und die Korrektheit in Person.«

»Kennen Sie den?«

Wagenknecht zeigte ihm das Foto von dem toten Freddy Kohl und war gespannt auf seine Reaktion.

Pitter zuckte zusammen und blickte zu der Kellnerin hin.

»Das ist Freddy, der Freund ihres Lovers. Freddy wohnt mit den beiden zusammen, in so einer Art WG. Ich konnte das nie verstehen, denn der passt überhaupt nicht zu den beiden. Ein brutaler Typ, dem ich ehrlich gesagt, alles zutraue. Aber sehe ich das richtig, der ist erschossen worden? Das ist ja der Hammer.«

»Sie sehen richtig. Wissen Sie, ob Kohl Feinde hatte?«

An der Körpersprache von Pitter merkte Blumberg, dass der Mann sich innerlich zurückzog. Er würde gleich einen auf keine Ahnung machen und sie an Leni Köster weiterreichen.

»Also, so genau kannte ich den nun wieder auch nicht«, antwortete Pitter. »Freddy war öfter mit Elias Vinzenz, das ist der Freund von Leni, hier. Wir haben ein paar Worte gewechselt, das war es dann aber auch schon. Aber Leni wird euch mehr sagen können.« Er zeigte auf eine Tür im Hintergrund und meinte, dort könnten sie ungestört mit ihr reden.

Nicht gerade unsympathisch empfand Blumberg Leni Köster. Sie war eine Frau um die Mitte dreißig, ihre kräftigen Arme und Hände zeigten, dass sie gewohnt war anzupacken. Sie hatte ein offenes, glattes Gesicht, wirkte adrett und er konnte sich nur schwer vorstellen, wie eine solche Frau mit einem Mann wie Kohl gemeinsam in einer Wohnung leben konnte. Mit feuchten Augen blickte sie wie hypnotisiert auf das Foto, das auf dem Tisch lag.

Behutsam zog Wagenknecht es schließlich zu sich heran und legte beruhigend ihre Hand auf den Arm der Kellnerin.

»Frau Köster, wir machen das jetzt hier in aller Ruhe. Sagen Sie uns, wann Sie Kohl zuletzt gesehen haben und ob Sie etwas wissen oder vermuten, was mit dem Mord im Zusammenhang stehen könnte. Und wo wir Ihren Freund Elias erreichen können.«

Es blieb eine Weile still, bis Köster sich schließlich über die Augen wischte und die Hauptkommissarin ansah.

»Das ist es ja eben, Elias hat schon seit Tagen nichts mehr von sich hören lassen. Sonst, wenn er im Außeneinsatz ist, meldet er sich mindestens einmal am Tag per Handy oder schickt eine App.

Und jetzt das hier«, schniefte sie und pickte mit dem Fingernagel auf das Foto.

»Tausendmal habe ich Elias angefleht, Freddy aus der Wohnung zu werfen und sich nicht mehr mit ihm einzulassen. Wenn ich mit Freddy alleine war, hatte ich immer Angst. Er war hinter jeder Frau her und ich will nicht wissen, was alles gelaufen ist.«

»Kennen Sie den Grund, warum Ihr Freund an Kohl festgehalten hat?«, warf Blumberg ein.

»Ja. Sie haben ursprünglich beide in derselben Firma gearbeitet und auch zusammengewohnt. Elias ist heute noch bei *Köln First Security* beschäftigt, während Freddy schon lange einen Job als Türsteher in einer Bar am Ring hat. Seitdem hat er sich verändert. Er ist großkotzig, schmeißt mit dem Geld um sich und prahlt, was für tolle Weiber er aufreißt. Als ich dann länger mit Elias zusammen war, hat er mir angeboten, mit in die Wohnung zu ziehen. Eine Altbauwohnung in Nippes, groß genug und Freddy hatte auch nichts dagegen. Er hatte wohl geglaubt, er könnte mit mir was anfangen.

Oft, wenn ich Dienst hatte, zogen die beiden los um irgendwelche Nebenjobs zu machen. Fragte ich Elias, was sie gemacht hatten, wich er mir aus.«

»Einen Verdacht, was für Jobs das hätten sein können, haben Sie nicht? Könnte es was mit Drogen zu tun haben?«

Prüfend musterte Wagenknecht die Frau, sie musste an die Nadel denken, die Hendrik im Arm hatte.

Energisch schüttelte Leni Köster den Kopf.

»Also Elias auf keinen Fall, er nahm weder Drogen, noch wollte er mit dem Mist etwas zu tun haben. Das hat er oft genug betont. Freddy dagegen«, nachdenklich blickte sie in den Raum, »bei dem könnte ich mir das vorstellen. Er war sehr launisch, wissen Sie, einmal ganz euphorisch und dann wieder in einem Stimmungstief. Ja, der könnte Drogen genommen haben. Vielleicht hat er auch damit gedealt.«

Verzweifelt blickte sie die Hauptkommissarin an.

»Wo haben Sie Freddy gefunden und gibt es einen

Hinweis auf Elias?

Was kann passiert sein?«

Sie tat Wagenknecht leid, sie konnte sich vorstellen, was in ihr vorging. Wahrscheinlich hing der Verlauf ihres weiteren Lebens von diesem Elias ab.

»Kohl wurde im Bergischen tot aufgefunden, mehr kann ich Ihnen nicht sagen. Wir sind mittendrin in den Ermittlungen und haben keinen Hinweis, dass ihr Freund Elias mit der Sache zu tun hat. Die Geschäftskarte hier von der Kneipe wurde in dem Wagen von Kohl gefunden, deshalb sind wir eigentlich auf Sie gekommen. Apropos Auto, was für einen Wagen fährt ihr Freund Elias?«

»Einen alten Astra, aber den fahre ich zurzeit. Wenn die beiden unterwegs sind, nehmen sie immer den SUV von Freddy. Der ist cooler, Sie verstehen schon.«

Wagenknecht verstand, bekam aber Bauchschmerzen bei dem Gedanken, dass Elias Vinzenz verschwunden war. Schlimmstenfalls lag der auch auf dem Grund der Agger Talsperre oder er war der Mörder von Kohl und flüchtig.

»Haben Sie irgendwelche Spannungen zwischen ihrem Freund und Kohl bemerkt?«, wandte sich Blumberg an die Kellnerin. »Besitzt Elias eine Waffe?«

Entsetzt sah Leni Köster ihn an.

»Um Gottes Willen, nein, so etwas wäre mir nicht in die Wohnung gekommen und Spannungen, nein, da gab es keine. Das hätte ich bemerkt.«

Leider war das dann auch schon alles, was sie aus Leni Köster herausbekamen. Wagenknecht ließ sich von ihr die Handynummer von Vinzenz geben und ein Foto von ihm auf ihr Handy schicken. Mit der gegenseitigen Zusage, sich sofort zu melden, wenn Vinzenz auftauchte, verabschiedeten sie sich von der Frau.

Draußen auf der Straße brummte Blumberg etwas vor sich hin und meinte schließlich, dass die Kacke ganz schön am Dampfen sei.

Mit einem unguten Gefühl im Bauch nickte Wagenknecht. Sie ahnte, dass ihr nächster Besuch bei Leni Köster dramatischer ausfallen würde.

14

Schrottplatz Lindlar

So wirklich überrascht war Wagenknecht nicht, als am Nachmittag der Anruf aus der Dienststelle in Lindlar hereinkam und ein Mord gemeldet wurde. Fundort Schrottplatz Industriegebiet Klause. Nackte männliche Person. Erschossen, keine Identität. Die Kollegen würden alles unberührt lassen, bis sie eintreffen würde.

»Ich wette, das ist Elias Vinzenz«, meinte sie spontan. »Seit Tagen wird er vermisst. Wir sind in einer halben Stunde da.«

Rasch informierte sie die Kollegen von der Technik, die Pathologin Caro Klein und Minuten später düste sie mit Heike Bachem und Henny Strassfeld in Richtung Lindlar.

Hoffentlich kriegt der keinen Schlaganfall, dachte Wagenknecht, als Jupp Meier ihr aufgeregt schilderte, wie er den Toten gefunden hatte. Sein rot angelaufenes Gesicht ließ starken Bluthochdruck vermuten.

»Ich wollte gerade die Schrottpresse anstellen, als ich die Hand bemerkte, die im Kofferraum eingeklemmt war.« Meier wischte sich mit einem schmierigen Lappen den Schweiß von der Stirn und sah zu dem Toten auf der Plane hin, den Caro Klein untersuchte.

»Ich dachte, mich trifft der Schlag, so etwas habe ich ja noch nie erlebt.«

»Und Sie sind sich sicher, dass der Kofferraum leer gewesen ist, als man den Wagen bei ihnen abgestellt hat?«, hakte Wagenknecht nach.

»Hundert pro, bei mir wird alles sorgfältig kontrolliert, ehe es in die Schrottpresse geht. Vorher werden noch alle recycelbare Teile ausgebaut, also da war alles clean.«

Clean!

Heike Bachem, die danebenstand, hätte fast laut gelacht. Wohin sie auch blickte, überall herrschte das pure Schrottchaos. Hier könnte man bequem zehn Tote verstecken, die würde kein Mensch finden, ging es ihr durch den Kopf. Sie beneidete nicht gerade die Kriminaltechniker, die in dem Dreck, Schmiere und Gestank herumwuselten.

Anhand des Fotos auf ihrem Handy konnte Wagenknecht den Toten eindeutig als Elias Vinzenz identifizieren.

Erschossen.

Mit aufgesetzter Waffe, mitten in die Stirn.

Analog zu dem Mord an Freddy Kohl.

An die Schlagzeilen und Scheißhausparolen, die nun durch jeden Ort bis hin zum letzten Weiler schwebten, wollte Wagenknecht gar nicht denken. Ade, du so unschuldig, friedliches Bergische.

Irgendwie passte es nicht zusammen. Der Gedanke ließ Blumberg nicht los. Er ließ die Geschehnisse sich nochmals durch den Kopf gehen.

Zwei Kölner Kumpels, Kohl und Vinzenz, hatten im Bergischen vermutlich einen Job gemacht. Kohl vergewaltigt und tötet in Wiehl eine junge Frau, von der keiner weiß, wie sie heißt, woher sie kommt, ob sie die beiden gekannt hat. Vinzenz macht vermutlich bei dieser Gräueltat mit, die DNA wird es zeigen.

Zeitversetzt werden danach Kohl und Vinzenz erschossen. Laut Ballistik Kohl mit einer P8, Kaliber 9 mm, eine Pistole, die weit verbreitet und damit auch leicht zu beschaffen ist. Das Ergebnis der Kugel, die man aus Vinzenz herausgeholt hat, stand noch aus.

Kohl wird aus der Agger Talsperre gefischt und Vinzenz für die Schrottpresse bestimmt.

»Wer verdammt noch mal, steckt hinter dem ganzen Mist«, brummte Blumberg gereizt und musste sich einen missbilligen Blick von Max gefallen lassen.

Sie streiften durch das Gebiet, in der das Gewaltverbrechen an der Frau begangen wurde und Blumberg ließ die Atmosphäre auf sich einwirken. Stellte sich den Ablauf des schrecklichen Geschehens vor.

Stellte sich vor, dass U. Schöne in dieser Wildnis auf die beiden Männer gestoßen ist.

Zufällig.

Kaum vorstellbar.

Es musste anders gelaufen sein.

Die mussten sich gekannt haben, doch so elegant wie die Frau gekleidet war, wäre sie niemals freiwillig in diese Wildnis gegangen. Es sei denn, sie ist vor den Männern geflüchtet.

Geflüchtet vor Freddy Kohl, Türsteher. Vor Elias Vinzenz, Security Mann.

Security!

Blumberg spürte, dass etwas aus ihm herauswollte.

Elias Vinzenz, beschäftigt bei *Köln First Security*, überlegte er. Eine Firma, die auch mal Kohls berufliche Adresse war. Überhaupt war Security eine ganz spezielle Geschäftssparte.

Seine Überlegungen wurden von Max unterbrochen, der nachhaltig an der Leine zog. Anscheinend hatte er im Gebüsch etwas Interessantes gewittert. Etwas, um das er sich als Chef des Geländes kümmern musste. Heute hatte er Pech, für Extraallüren hatte Blumberg keine Nerven und befahl bei Fuß. Kurz darauf erreichten sie die Buchenhecke, hinter der, mit einem polizeilichen Siegel versehen, noch immer das Bau-Klo stand.

Für so etwas hatte Blumberg kein Verständnis. Nachdem, was vorgefallen war, dieses Ding hier weiter stehenzulassen, fand er unmöglich. Sicherheitshalber prüfte er, ob die Tür fest verschlossen war, und nahm dann sein Handy aus der Tasche.

Wagenknecht meldete sich und zufrieden registrierte er, dass sie sich entspannt anhörte. Er fragte wie es Hendrik ginge, und kam dann auf die Kölner Security Firma zu sprechen. Sie hörte ihm wortlos zu und war dann auch der Meinung, dass sie bei dieser Firma nachhaken sollten.

»Wir müssen wissen, welche Jobs Vinzenz in der letzten Zeit gemacht hat. Wenn wir Glück haben, führt uns eine Spur ins Bergische.«

15

Open Air Malen

Was ist denn hier los, staunte Blumberg. Seine Einfahrt war zugeparkt und am Straßenrand vor seinem Haus parkten Autos, die er nicht kannte. Schon in der Diele hörte er Hintergrundgeräusche, und als er die Terrassentür erreichte, fiel es ihm wieder ein. Elsa hatte ja für heute zur Open Air Malerei eingeladen. Mehrere Frauen belagerten mit Staffeleien und Malhockern den Rasen, und soweit er es beurteilen konnte, war schon einiges auf den Leinwänden entstanden. Der traumhafte Blick ins Bergische war ein grandioses Motiv.

Elsa hatte ihre Staffelei direkt an die Terrasse gestellt, sodass sie ihre Gäste im Auge hatte. Wie Blumberg sie kannte, war für die Bewirtung bestens gesorgt. Und dass alles gut war und nach ihrer Vorstellung lief, sah er ihren strahlenden Augen an. Sie kam auf ihn zu und legte ihre Hand auf seine Schulter.

»Carl, ist das nicht toll«, meinte sie, »hier bei uns zu Hause ein Open Air Malen mit wahnsinnigem Motiv und dazu noch Kaiserwetter. Hätten wir das vor drei Jahren, als wir noch in Köln wohnten, gedacht? Dank deiner Tante Frieda das alles hier in einem so tollen Rahmen. Beim nächsten Besuch auf dem Friedhof stelle ich ihr ein besonders schönes Blümchen aufs Grab« meinte sie spontan. »Ich glaube, meine Damen sind von dem Ambiente ganz angetan.«

Sie beugte ihren Kopf näher zu Carl heran und flüsterte, dass sogar die Hilde beeindruckt wäre.

»Du weißt doch, der ist sonst alles nicht gut genug. Bei ihr ist ja immer alles viel besser. Aber die ist merkwürdig ruhig, wirkt ja direkt bescheiden, so kenne ich sie überhaupt nicht.«

Blumberg hätte Elsa erklären können, dass die Hilde Dickes und ihr Mann eine hohe Steuernachzahlung leisten mussten. Erbschaftssteuer für Kunstwerke aus der Nazizeit, die Heinz geerbt hatte. Und wenn er nicht ein gutes Wort bei seinem Freund Kriminalrat Schneider eingelegt hätte, wäre dafür, dass sie die Kunstwerke schwarz verhökert hatten, auch noch Strafanzeige beantragt worden. Aber das wollte er lieber für sich behalten. Elsa würde es nur belasten und im Endeffekt würde es zu nichts führen.

»Schön, dass es deinen Damen gefällt«, meinte er und überlegte schon, was er außer Haus mit dem Rest des Tages anfangen könnte. Hätte sich aber eigentlich denken können, dass Elsa ihn schon mit einkalkuliert hatte.

»Du Carl«, verschmitzt sah sie ihn an, »könntest du mir einen Gefallen tun? Für nachher habe ich meinen Gästen Metthäppchen und ein Bierchen, natürlich alkoholfrei, versprochen. Ich habe das Mett aber noch nicht besorgt, es muss ja frisch gegessen werden. Ich dachte, da fährst du am besten zur Metzgerei Müller. Dort wird das Mett frisch gemacht und es schmeckt superlecker. Nimm die Kühltasche mit, bei dem Wetter kann das Mett nicht im Wagen liegen. Ach ja,

Brötchen brauchen wir auch noch, aber um das Bier brauchst du dich nicht zu kümmern, das liegt schon im Kühlschrank.«

»Habe ich ein Glück, dass ich mich um das Bier nicht auch noch kümmern muss«, murmelte Blumberg und dachte an den Kasten, den er einen Tag vorher in den Keller gestellt hatte. Er ging auf die Suche nach der Kühltasche, wobei ihm Max nicht von der Seite wich. Metzgerei Müller, ein Stichwort, bei dem er lange Ohren bekam. Er wusste, etwas Leckeres war da für ihn immer drin. Wozu hatte man auch solche Geschäftsfreunde? Mit seinem Chef an der Seite stolzierte er in Vorfreude zur Haustür, sprang in den Fond des Land Rover, und ließ sich zufrieden grunzend auf die Decke plumpsen.

Beim Starten überlegte Blumberg, wie er die Einkaufstour am besten anging, als sein Handy brummte und die Nummer der Hauptkommissarin im Display erschien.

»Wir haben das ballistische Ergebnis der Waffe, mit der Vinzenz erschossen wurde«, fiel Wagenknecht mit der Tür ins Haus. Etwas, das Blumberg wunderte, sie war sonst immer darauf bedacht, eine Sache unaufgeregt herüberzubringen.

Sie musste unter Druck stehen.

»Stellen Sie sich vor, es ist die gleiche Waffe, mit der auch Kohl erschossen wurde. Das bedeutet, beide Männer wurden von demselben Täter erschossen.«

»Vielleicht ist er so eine Art Robin Hood«, knurrte Blumberg. »Ein Rächer der Toten aus dem Bau-Klo.«

»Möglich. Es könnte aber auch mehr dahinter

stecken. Und wir haben keine Ahnung, in welche Richtung wir suchen müssen, um die Identität der Frau zu erfahren.

Nichts, absolut nichts.«

Blumberg hörte, wie sie vor sich hin stöhnte.

»Ist das eine verzwickte Kiste, wir kommen einfach nicht weiter. Und seitens des Polizeipräsidenten wird bereits Druck gemacht, so Kriminalrat Schneider. Drei Morde hier bei uns, das bringt selbst Köln ins Rotieren. Es steht schon zur Debatte eine SK einzurichten. Leiter wäre natürlich einer aus Köln und wir wären die Kaffeeträger. Nur gut, das Schneider sich vor uns stellt, sonst würde ich wahnsinnig.«

Es bedrückte Blumberg, die sonst stabile Hauptkommissarin so dünnhäutig zu sehen. Er vermutete, dass die immer noch offene Geschichte mit Hendrik sie fertigmachte.

Er musste ihr helfen, und da war auch etwas, das aus ihm herauswollte.

Er spürte es, brauchte nur etwas Zeit.

Aber die hatten sie nicht.

Kurz berichtete er von Elsas Open Air Malerei und dass er noch schnell was zu besorgen hätte. Er versprach, sich danach zu melden.

Automatisch schlug er die Richtung nach Ödinghausen ein, um dann weiter nach Grötzenberg zu kommen. Dort bei der örtlichen Bäckerei wollte er die Brötchen besorgen. Da gab es für ihn keine Kompromisse, selbst ein Mordfall konnte ihn nicht davon abbringen Qualität zu kaufen. Und was Brot anbelangte, gab es die nun einmal in Sträßers Bäckerei.

Ein traditionelles Familienunternehmen, in dem noch nach überlieferten Originalrezepten gebacken wurde. Etwas, das man heute wie eine Stecknadel im Heuhaufen suchen musste.

Leider.

Erfreulicherweise führten die jungen Leute, die vor kurzem das Geschäft übernommen hatten, die Tradition weiter. Hatten es sogar ausgebaut, indem sie einen Imbiss anboten. Praktisch für die Berufstätigen, die sich morgens noch schnell ein leckeres Brötchen mit Belag mitnehmen wollten.

Während er hinter Ödinghausen über die Kuppe hinunter in Richtung Grötzenberg fuhr, kreisten seine Gedanken um die Mordfälle. Er dachte darüber nach, dass die ermordete Frau elegant gekleidet gewesen war. Hatte sie sich illegal aufgehalten, konnte sie kein üblicher Flüchtling sein. Im Sexgeschäft war sie auch nicht aktiv, das hatten die Untersuchungen ergeben.

Also blieb nur, dass sie über die offene Grenze nach Deutschland gekommen war und einen Sponsor hatte, der sie ausstattete, sie finanzierte. Einen Sponsor, egal in welcher Art und mit welchen Verpflichtungen ihm gegenüber.

Bei der Überlegung platzte der Knoten. So überraschend, dass er fast in den Graben gefahren wäre.

»Das könnte es sein Max«, rief er nach hinten. »Wenn das stimmt, kriegst du eine dicke Scheibe Fleischwurst extra.« Das Gejaule im Fond bestätigte mal wieder wie gut Max sich im Vokabular auskannte. Wenn es ihm denn passte.

Als Blumberg aus der Bäckerei kam, rief er, bevor er sich auf den Weg nach Wiehl machte, die Hauptkommissarin an. Er wollte wissen, ob sich bei der Kölner Security Firma, wo Vinzenz beschäftigt gewesen war, was ergeben hatte. Ob im besten Falle es Hinweise ins Bergische gab. Es meldete sich Alina Ysum, die mal wieder die Stellung hielt.

Das Wagenknecht ihr Handy zur Dienststelle umgeleitet hatte, konnte nichts Gutes bedeuten.

Ihn beschlich ein unangenehmes Gefühl.

»Nein, die Hauptkommissarin ist nicht erreichbar«, sagte Alina Ysum tonlos. Dann wurde ihr bewusst, wen sie am Apparat hatte und stammelte eine Entschuldigung.

»Seien Sie nicht böse«, meinte sie, »ich mache mir Sorgen wegen Hendrik. Er hatte einen Zusammenbruch. Kareen ist hin zu ihm.« Ihre Stimme brach weg und in Blumberg wuchs die Sorge um Hendrik.

»Sind die beiden zu Hause?«, fragte er und überlegte, da er sowieso nach Wiehl wollte, bei ihnen vorbeizufahren. Ohne Voranmeldung machte er das eigentlich nie, aber das hier war ein Notfall.

»Ich denke schon, da Hendrik ja kaum noch vor die Tür geht. Er zieht sich immer mehr zurück.«

Ihm wurde es ganz anders, Hendrik gehörte schon zur Familie, wenn auch nicht groß darüber geredet wurde.

Und nun das.

Er musste sehen, wie er helfen konnte. Bevor er das Gespräch beendete, fragte er noch, ob es schon

Näheres über die Kölner Security Firma gäbe.

»Noch nicht«, informierte Alina Ysum, »aber Schlösser und Kollege Strassfeld sind dran.«

16

Hendrik

Direkt vor dem Terrassenhaus in der Eichhardtstraße parkte Blumberg, ließ Max im Fond und ging mit bangem Gefühl zur Wohnungstür. Er hatte kaum geklingelt, als sie auch schon geöffnet wurde. Man musste ihn gesehen haben.

Mit feuchten Augen kam Wagenknecht auf ihn zu und umarmte ihn.

Sie brachte kein Wort heraus.

Hendrik saß wie ein Häuflein Elend geknickt auf der Couch. Seine Ausstrahlung war die einer Schnecke, die sich zurückziehen wollte. Als er Blumberg sah, versuchte er ein Grinsen zustande zu bringen.

»Zwei Kripoleute in der bescheidenen Hütte, da kann mir nichts mehr passieren«, quetschte er heraus. Er stemmte sich hoch und drückte seinen Besucher fest an sich. Blumberg fühlte, dass Hendrik stark abgenommen hatte, und wollte erst gar nicht darüber nachdenken, wie es in seinem Kopf aussah.

Da musste was geschehen und intuitiv wusste er, was zu tun war.

»Ich glaube, ich habe meinen Autoschlüssel stecken lassen«, meinte er ärgerlich und entschuldigte sich kurz. Auf dem Weg zum Wagen rief er Elsa an, erklärte ihr kurz die Situation, tat so, als wenn er den Schlüssel aus dem Wagen holen würde und ging zurück.

Auf dem Tisch stand frisch gebrühter Kaffee und Wagenknecht schenkte ein. Zufrieden registrierte Blumberg, dass die äußeren Verletzungen bei Hendrik gut am Verheilen waren. Ganz klar, das Problem bei ihm war psychischer Natur.

Um Hendrik abzulenken, redeten sie über die letzten Ereignisse, wobei Blumberg die Hauptkommissarin bat, ihm doch die Ergebnisse, sollte es solche bei der Security Firma geben, zu mailen. Da sein alter Freund Kriminalrat Schneider ihn am Abend zuvor um Amtshilfe gebeten hatte, durfte er in die Beweislage Einsicht nehmen.

Wagenknecht hätte sie ihm auch so gegeben, aber so war es offizieller. Wie schon so oft war sie heilfroh, dass der ehemalige Chef der Kölner Kripo mit im Boot saß.

Nach einer Weile blickte Blumberg auf die Uhr und meinte so nebenbei zu Hendrik, dass seine Kompetenz gefragt sei.

Elsa bräuchte seine Hilfe.

Unbedingt.

Auf die überraschten Blicke der beiden erzählte er ihnen von der Open Air Malerei, die Elsa gerade veranstaltete.

»Läuft auch alles wunderbar«, erklärte er, »nur hat sie den Teilnehmerinnen als Abschluss eine Bildbesprechung versprochen. Also jedes gemalte Kunstwerk kommt da an die Reihe. Doch jetzt hat Elsa Sorge, dass es dabei zu Unstimmigkeiten kommen könnte. Wie bekannt, sind die Künstler ja sehr sensibel. Deshalb bittet sie dich Hendrik, ihr zu helfen. In deiner Funktion als Kunstlehrer, ohne Bezug zu den Damen.

Quasi neutral.«

Nachdrücklich blickte er Hendrik an.

»Ich glaube, Elsa wäre für deine Unterstützung sehr dankbar. Natürlich nur, wenn es gesundheitlich geht.«

Es blieb eine Weile ruhig, es war Hendrik anzusehen, wie es in ihm arbeitete. Für ihn gab es zwei Wege, der ins Schneckenhaus oder den nach vorne.

Zurück ins Leben.

Er entschied sich für den zweiten Weg, gab sich einen Ruck und nickte entschlossen.

»Ich kann mir zwar nicht vorstellen, das Elsa wirklich Probleme bekäme, aber egal, ich bin dabei. Elsa kann ich nicht hängen lassen.«

Erleichtert atmete Blumberg auf und bemerkte, dass auch Wagenknecht plötzlich ein Lächeln im Gesicht hatte. Er erklärte, dass er vorab noch schnell beim Metzger Mett holen müsste. In der Zeit könnte Hendrik sich in alte Klamotten werfen, wäre sinnvoll wegen den Malfarben und so. Wenn er zurückkäme würde er zweimal hupen.

Wagenknecht begleitete ihn zur Tür und blickte ihn erleichtert an.

»Danke«, sagte sie und drückte ihm einen Kuss auf die Backe.

So schön das ja mit der Historischen Postkutsche war, wenn er es eilig hatte und sie vor einem dahin zockelte, konnte Blumberg nervös werden. Er hatte es eilig, dass

Mett lag im Auto, wenn auch in der Kühltasche, und Elsa mit ihren Frauen warteten auf die Brötchen. Mit Überholen war nichts. Die Strecke zwischen Wiehl und Nümbrecht war gesegnet mit Kurven und der Gegenverkehr riss nicht ab.

Verstohlen musterte er Hendrik und glaubte so etwas wie ein Hauch Zufriedenheit in seinem Gesicht zu sehen. Ganz klar, bei den düsteren Gedanken, mit denen er zurzeit leben musste, war Abwechslung die beste Medizin.

Hendrik zeigte auf die Postkutsche.

»Wenn auch ein Nachbau, ist sie doch ein wirklich schönes Relikt aus der Vergangenheit. Ein Beweis dafür, dass früher die Menschen mit einem ganz anderen Zeitgefühl leben mussten und konnten. Hätte ich ausreichend Etat zur Verfügung, würde ich meine Schüler dazu verdonnern, einmal mit ihr fahren zu müssen. Auf diese Weise könnten sie die Langsamkeit der Zeit erleben.«

Er lachte verhalten.

»Aber vorher müsste ich ihnen ihre Handys abnehmen.«

»Wie ist das in der Schule, dürfen die Kinder Handys dabei haben?«, fragte Blumberg interessiert.

»Ja und nein. Verbieten, dass sie die Dinger in der Tasche haben, kann ich nicht, nur müssen sie ausgeschaltet sein. Aber das ist das Problem. Einige Schüler halten sich an die Regel, manche stellen einfach auf stumm, und wenn sie meinen, der Lehrer sieht nicht hin, werfen sie schnell einen Blick aufs Display. Das bedeutet natürlich Ablenkung vom

Unterricht.«

In dem Moment bot sich die Möglichkeit zu überholen. Blumberg drückte aufs Gaspedal, fuhr den Schlossberg hoch und zeigte im Vorbeifahren auf Schloss Homburg, das durch die Laubbäume zu sehen war.

»Kürzlich beim Mittelalterlichen Markt war ich mit Elsa hier. Die Erweiterung des Schlossgeländes ist ja wirklich klasse gelungen. Barock kombiniert mit hochmoderner Architektur, das hat was. Oben der Burghof wurde auch ganz neu gestaltet, da kann man sich wunderbar aufhalten.

Seid ihr mal da gewesen?«

Bedauernd schüttelte Hendrik den Kopf.

»Leider nein. Immer wenn wir das vorhatten, kam etwas dazwischen. Meist was Dienstliches bei Kareen. Aber wir wollen unbedingt dieses Jahr das Open Air Klassik Konzert im Sommer besuchen. Das heißt, wenn...« Seine Stimme versagte und Blumberg konnte sich vorstellen, welche Gedanken jetzt wieder durch seinen Kopf jagten.

Irgendein kluger Kopf der Damen hatte den Wagen aus der Einfahrt gefahren, so dass Blumberg in die kühle Garage fahren konnte. Elsa stand schon im Flur und empfing sie.

»Bin ich froh, dass ich jetzt professionelle Hilfe bekomme«, meinte sie strahlend und drückte Hendrik an sich. Sie ließ ihn gar nicht groß zu Wort kommen und zog ihn in Richtung Garten. An Blumbergs Adresse gerichtet meinte sie noch schnell, dass die Brötchen mit dem Mett gut belegt werden sollen und die Zwiebel fein gehackt auf einen separaten Teller serviert werden.

»Und sieh doch bitte mal nach, ob das Bier kalt genug ist. Um den Tisch musst du dich nicht kümmern, den habe ich schon gedeckt.«

Er wollte schon sauer werden, als sie nochmals zurückkam und ihn dankbar ansah.

»Carl, ich würde die Brötchen ja selbst schmieren, aber ich glaube, es ist sinnvoller, ich kümmere mich um Hendrik. Die Bildbesprechung mache ich gleich vor dem Essen, dann wird er schon mal abgelenkt.

Und du hast ein Wunschessen bei mir gut.«

Sie gab ihm einen flüchtigen Kuss und verschwand im Garten.

Mit tränenden Augen war Blumberg Zwiebeln am Schneiden als eine Wolke Veilchenduft auf ihn zu schwebte. Vor Schreck hätte er fast das Messer fallen lassen. Den Geruch assoziierte er automatisch mit einer bestimmten Person.

Hilde Dickes!

Die Frau, die ihm ihre Kunstwerke gezeigt hatte. Kunstwerke, auf denen grasende Kühe wie Wolpertinger aussahen.

Die Frau, die ihn zu einem Schnäpschen im Wintergarten eingeladen hatte und dann angeheitert spurlos verschwunden war.

»Da bist du ja, liebster Carl«, hörte er sie auch schon flöten. »Nein, was kann Elsa froh sein, dass sie einen Mann wie dich gezogen hat. Mein Heinz ist ja auch okay, aber in der Küche könnte ich mit dem nichts anfangen. Der bekäme kein Spiegelei zustande.«

Das runde Fässchen in einem in Maigrün gemusterten wallenden Gewand kam näher und hauchte ihm mit spitzen Lippen einen Kuss auf die Wange.

»Ich darf doch, Elsa ist ja meine beste Freundin«, sülzte der Maikäfer.

Er hatte da etwas anderes gehört und wünschte sich, er liefe mit Max eine Runde ums Lindchen. Unerreichbar für diese Märchengestalt. Zum Glück kam in dem Moment Elsa in die Küche, bemerkte seinen Gesichtsausdruck und bat Hilde ihr zu helfen, die Platten mit den Mettbrötchen auf die Terrasse zu tragen. Erleichtert atmete Blumberg auf und beschloss, sich mit Max zu verdünnisieren.

17

Kommissariat

»Eine Verbindung der Kölner Security Firma ins Bergische konnten wir nicht feststellen«, erklärte Schlösser und blickte in die angespannten Gesichter seiner Kollegen.

Alle waren gereizt.

Die Nachricht, dass das Thema einer Sonderkommission anstand, hatte die Runde gemacht. Kölner Kollegen, die ihr Revier auf den Kopf stellten, war das Letzte, was sie wollten.

»Kunden der Security Firma sind alle möglichen Unternehmen aus der Wirtschaft bis hin zum Rotlichtmilieu. Auch Privatleute mit Kohle lassen sich ihr Häuschen von der Firma bewachen. Doch alle Kunden befinden sich im näheren Umkreis von Köln. Im Osten ist bei Rösrath Schluss.«

»Mist aber auch«, murrte Heike Bachem. »Schon wieder kein Hinweis auf Wiehl.«

Blumberg dachte an den spontanen Einfall kürzlich im Auto und blickte nachdenklich zu Schlösser hin.

»Vielleicht doch!

Steht eine Agentur auf der Liste, die Models vermittelt?«, fragte er.

Überrascht blickte Schlösser ihn an, dann verstand er. Scrollte die Liste im Laptop hoch, sicherheitshalber noch mal runter, schüttelte den Kopf.

»Nichts, kein Eintrag.«

Trotzdem, Blumberg war sich sicher, die Richtung stimmte.

»Vielleicht hat das Kind einen anderen Namen«, überlegte er laut. »Sehen Sie nach, ob eine Künstler-Agentur, eine aus dem Bereich Mode oder meinetwegen auch ein Begleit-Service auf der Liste steht. Es muss etwas geben.«

Kurz darauf kam von Schlösser ein Bingo.

»Es gibt eine Firma, die heißt *Exhibition Agency Cologne*. So wie es aussieht, fordert die regelmäßig Personenschutz an. Bodyguards für Prominente und so.«

»Das könnte es sein«, meinte Blumberg hoffnungsvoll. »Möglicherweise haben wir endlich was Greifbares.«

Er bemerkte den fragenden Blick von Wagenknecht und erinnerte sie an das kürzlich geführte Gespräch mit Doro Albrechti. Als diese von den Superreichen erzählt hatte, von Männern, die bei einer Agentur junge, auffallend schöne Frauen buchten, damit sie mit ihnen repräsentieren konnten. Frauen, für die sie horrende Honorare zahlten.

Ohne Sex, nur für ihr Ego.

Sensibilisiert rutschte Wagenknecht auf ihrem Stuhl hin und her. Blumberg hatte recht, das könnte es sein.

»Stimmt, es könnte passen. Unsere unbekannte Tote könnte eine solche Frau gewesen sein. Wieso sie in Wiehl war, warum in diesem Abenteuer Gelände und was weiter passierte, die Überlegungen stellen wir hinten an. Wir nehmen uns die Agentur vor.«

Heike Bachem hatte schon die Homepage von *Exhibition Agency Cologne* aufgerufen und ließ ein lautes »Wow« hören.

»Donnerwetter, einer der teuersten Adressen in Köln«, gab sie von sich.

»Rheinauhafen, Kranhäuser, ich glaube es nicht.«

Blumberg blickte die Hauptkommissarin an.

»Das könnte die Agentur sein, von der Albrechti gesprochen hat«, meinte er.

»Luxuriös, teuer.«

Im Besprechungsraum wurde es ruhig. Jeder spielte die Möglichkeiten durch, die sich ergeben konnten, dachte über die nächsten Schritte nach. Henny Strassfeld, spontan wie immer, hielt schon sein Handy in der Hand und meinte, er könnte ja die Kollegen in Köln anrufen. Mit Sicherheit wüssten die was über die Firma.

»Nein!«

Entschieden sah Wagenknecht in die Runde.

»Da kümmern wir uns selbst drum. Sollte die Agentur etwas mit den Mordfällen zu tun haben, ist das unsere Sache. Alarmieren wir vorher unsere Kölner Kollegen, mischen die sich ein. Da könnt ihr von ausgehen.«

Keiner wagte mehr, Vorschläge zu machen. Sie spürten, dass ihre Chefin zu Hochform auflief, so wie sie es von ihr gewohnt waren.

Endlich wieder!

Wagenknecht blickte ihre Leute der Reihe nach an und ihr vergnügter Blick blieb an Heike Bachem hängen.

»Wir werden jedoch nicht den üblichen Hickhack veranstalten und dort unverhofft auftauchen, wir gehen einen anderen Weg. Wir werden aus der schönsten Frau im Bergischen das teuerste Begleit-Model von *Exhibition Agency Cologne* machen.«

»Oh nein«, stöhnte Heike Bachem.

»Ohne mich, mir wird schlecht.

Ich muss mal aufs Klo.«

18

Rheinauhafen Köln

Der Blick über den Rhein bis ins Bergische Land war überwältigend. Kein Laut von außen drang zu ihr hoch und sie hätte den Moment genießen können.

Doch sie hatte Probleme.

Die Internationale Boots Messe, die sonst in Düsseldorf ihre Tore öffnete, fand aus bautechnischen Gründen dieses Jahr in Köln statt. Und ihre Agentur wurde jetzt, kurz vor Messebeginn, mit Anfragen überhäuft. Wenn auch die Unseriösen direkt in den Papierkorb landeten, blieben mehr hochkarätige Anfragen übrig, als sie bedienen konnte. Und dass ihre Mitarbeiterin Wafa, die sie erstmals einsetzen wollte, urplötzlich verschwunden war, machte die Sache noch schlimmer. Um auf die Schnelle mit neu Rekrutierten etwas anfangen zu können, dafür war die Zeit zu knapp. Ohne fest fundierte Schulung ließ sie keine Frau auf die Kunden los. Ging was schief, würde das dem guten Ruf ihrer Agentur schaden.

Mit einer dezenten Melodie unterbrach das Handy ihre Gedanken. Als Fleur de Vries sah, wer anrief, hätte sie es am liebsten zum Fenster raus in den Rhein geworfen.

Sie tippte auf die grüne Taste.

»Was ist los bei dir, wieso fehlen mir immer noch drei Zusagen für private Gäste?«

Deutlich hörte sie die unbeherrschte Wut in der Stimme von Will.

»Dafür, dass ich mächtig Kohle in deine Firma gesteckt habe, könnte ich etwas mehr Bereitschaft erwarten.«

Fleur de Vries fühlte wie es in ihr hochkam und hätte am liebsten aufgelegt.

»Beruhige dich, ich habe alles am Laufen, jedoch musste ich durch das Ausfallen einer meiner Frauen einiges umstellen. Für dich habe ich drei top Mädels reserviert, deine Gäste werden zufrieden sein.«

Sie hörte ein Schniefen, wahrscheinlich zog er sich wieder irgendwelchen Mist rein. Das machte ihn unberechenbar.

Sie hoffte, das war es.

Sie hatte sich geirrt.

»Es gibt da noch was. Etwas, das aus dem Üblichen heraus fällt.« Seine Stimme hörte sich verwaschen an. Wahrscheinlich soff er auch noch, fuhr es ihr durch den Kopf.

»Ich habe da einen Russen, der mich angerufen hat. Er kommt zur Messe und erwartet etwas Besonderes. Blond, scharf, eine die nachts bei ihm bleibt.

Geld spielt keine Rolle.«

Fleur de Vries glaubte, der Boden käme auf sie zu, ihr wurde schlecht. Vor solch einer Sache hatte sie sich immer gefürchtet. Angst vor das Abgleiten in die schmutzige Welt des Sexgeschäftes. Jahrelang hatte sie das makellose Image ihrer Agentur gepflegt, etwas, das ihre Stammkundschaft wusste und schätzte. Herren, die horrende Summen zahlten, um nicht nur eine

Schönheit, sondern auch eine Frau, die nicht aus dem Milieu kam, an ihrer Seite zu haben.

»Du weißt, solche Frauen gibt es in meiner Agentur nicht und ich fange auch nicht damit an«, sagte sie entschlossen.

Eine Weile blieb es ruhig, sie hörte wieder dieses ekelhafte Schniefen und spürte, wie ihr Herz anfing zu flattern.

»Dem Russen bin ich was schuldig«, nuschelte Will, »ich kann nicht anders. Also nimm eine von deinen Tussis, biete ihr genug Geld und schicke sie zum Friseur, damit sie als blonder, unschuldiger Engel bei Krupaschenko im Bett liegt. Ich sorge dafür, dass er nach dem Messebesuch aus Köln verschwindet. Wenn der gesoffen hat, redet er zu viel. In deinem Landhaus in der Walachei kann er keinen Schaden anrichten. Du sorgst dafür, dass jeder, der da noch rumkreucht, verschwindet. Um Catering kümmere ich mich, Bodyguards bringt er selber mit.«

»Kommt nicht infrage«, brüllte Fleur de Vries aufgebracht ins Handy.

»Landhaus Bismarck bleibt sauber.«

»Sauber, ich glaube es nicht«, spuckte Will heraus.

»Du tust, was ich sage, sonst werden im Polizeipräsidium Hinweise auftauchen, dass du illegale Flüchtlinge aus den Lagern holst. Ohne Papiere, ohne Aufenthaltsgenehmigungen.«

Dann kam nichts mehr.

Dieses Schwein. Fleur de Vries musste sich am Panoramafenster abstützen. Unzählige Male hatte sie bereut, dass sie sich bei der Gründung der Agentur von Will abhängig gemacht hatte. Doch alleine hätte sie das Startkapital nicht aufbringen können. Als stiller Teilhaber verdiente er mit, was grundsätzlich, solange er sich aus dem Geschäft heraushielt, okay war. Eine Zeit lang hatte er sich an das Abkommen gehalten, doch Drogen und Alkohol hatten ihn verändert. Vor Monaten hatte er erstmalig versucht, Kunden die Sex wollten, ihr unterzujubeln. Sie war hart geblieben, ahnte aber, dass es irgendwann zum Bruch kommen würde. Doch wenn er jetzt, wo sie sich gerade die teure Immobilie gekauft hatte, sein Geld aus der Firma ziehen würde, wäre die Agentur am Ende.

Sie hatte keine Wahl.

»Okay Will, dieses eine mal, aber dann ist Schluss. Du hältst dich zukünftig aus allem raus. Ist das klar?«

Sie hörte, dass er etwas vor sich hin nuschelte und legte auf.

19

Exhibition Agency Cologne

Sie kam sich dermaßen was von blöd vor, am liebsten hätte sie sich den ganzen Fummel vom Leib gerissen und wäre in ihre abgewetzte Jeans gestiegen. In ihre bequemen Timberlands, die sie so liebte. Stattdessen holperte sie in High Heels über das graue Pflaster, der Rock war so eng, dass sie aufpassen musste, damit sie nicht über ihre eigenen Füße stolperte. In der Länge reichte er gerade mal bis wer weiß wohin.

Und dann die ganze Schminke.

Die Visagistin hatte glatte zwei Stunden gebraucht, um aus ihr eine umwerfende Schönheit zu machen. Nur gut, dass ihre Figur schon entsprechend war, die hätte man sonst auch noch in Form bringen wollen.

Und auf das dämliche Grinsen von ihrem Kollegen Henny Strassfeld, der sie als Bodyguard begleitete, so seine Interpretation, hätte sie auch verzichten können.

Wahnsinn, das Ganze.

Heike Bachem blickte hoch zu den Kranhäusern und musste zugeben, die waren schon beeindruckend.

Modernste Architektur vom Feinsten.

Laut ihrer Recherche kostete ein Quadratmeter Wohnfläche aber auch gerade mal das Fünffache von dem, was sie in Bielstein für ihre Eigentumswohnung bezahlt hatte.

Entsprechend dem Kölner Leitspruch: »Wat nix

kostet, dat es och nix.«

Im Vorbeigehen las sie die Werbetafeln der hier etablierten Firmen: Rechtsanwälte, Wirtschaftsprüfer, Designer, Boutiquen, Nobelkneipen, Marketing- und Werbeagenturen.

Na toll!

Sie nahm sich vor, von ihrem Haushaltsgeld in den nächsten Monaten etwas zurückzulegen, um in einer der Kneipen mal essen gehen zu können.

Am zweiten Kranhaus blieb sie stehen, studierte die Tafeln und blieb im siebten Stock an *Exhibition Agency Cologne* hängen. Wie sie wusste, wurden die Immobilienpreise, je höher man residierte, umso teurer. Sie sprach sich mit Strassfeld ab, dass er, wenn sie nach einer Stunde nicht zurück war oder ihn nicht angerufen hatte, die Agentur stürmen sollte. Dann war sie echt gespannt, was sie erwarten würde.

Es fing schon gleich beim Empfang an.

Empfang war gut.

Beim Betreten des Foyers kam sie in eine andere Welt. Nicht nur Stahl, Glas und hoch poliertes Chrom brachte sie ins Staunen, sondern auch drei Gestalten, die dem Film *Man in Black* entsprungen sein mussten. Sie lehnten an der Wand, warum auch immer. Dunkle Typen, schwarz gekleidet mit ekelhaft gegelten Haaren und sie wollte es nicht glauben, die hatten doch tatsächlich Sonnenbrillen auf.

Draußen der Himmel war bedeckt, trübe.

Heike Bachem musste sich ernsthaft bemühen, um nicht laut loszulachen.

Dagegen blickte der dezent gekleidete Mann hinter

der Empfangstheke sie mit einem Lächeln an.

»Wo möchten Sie hin?«, fragte er höflich.

»Zu *Exhibition Agency Cologne*. In welcher Etage finde ich die Firma?«

»Welchen Namen darf ich anmelden?«

»Laura Boer, ich möchte zur Geschäftsleitung.«

Peter Frings, so stand auf seinem Namensschild, bat sie, in der Clubgarnitur gegenüber Platz zu nehmen und nahm den Hörer auf. Sie beobachtete, dass er sie mehrmals musterte und seine Ergebnisse weitergab. Schließlich winkte er sie freundlich an die Rezeption und sagte ihr, dass sie den Aufzug III bis zur Sieben benutzen sollte, sie würde dort abgeholt.

Überrascht betrachtete Heike Bachem die graue Maus, die sie auf der Sieben in Empfang nahm. In solch einer Agentur hätte sie etwas Flotteres erwartet. Lisa Mulder, so stellte sich die Frau vor, könnte tatsächlich noch Dauerwellen im Haar haben, spekulierte sie. Aber vielleicht war das ja alles nur Tarnung.

Mulder führte sie durch eine hypermoderne Wohnlandschaft, von Büro keine Spur, und klopfte schließlich an eine sandgestrahlte Glastür.

Dann verschlug es Heike Bachem erst einmal die Sprache. Schuld war die Frau vor ihr sowie hinter ihr der traumhafte Ausblick durch die riesige Glasfront auf den Rhein. Sie bemerkte, wie der Traum von einer Frau sie ausgiebig musterte und dann mit ausgestreckter Hand auf sie zukam.

»Fleur de Vries, was kann ich für Sie tun?«

»Laura Boer, Ihre neue Mitarbeiterin«, stellte sich

Heike Bachem strahlend vor und betrachtete die elegant gekleidete Schönheit vor sich. Schlanke, mittelgroße Figur, fein geschnittenes Gesicht, schwarze, schulterlange Haare, grüne Augen, die sie intensiv musterten. Die feminine Ausstrahlung der Frau war überwältigend.

»So, so, meine neue Mitarbeiterin«, fing Fleur de Vries scherzhaft den Ball auf. »Das müssen Sie mir erklären. Aber kommen Sie, setzen wir uns und trinken dabei einen Kaffee, oder lieber etwas anderes?«

»Kaffee ist okay und bitte entschuldigen Sie die Art meiner Vorstellung«, sagte Heike Bachem. Das ist noch vom letzten Coaching hängengeblieben. Ehrlich gesagt finde ich es blöd.«

»Kenne ich.«

Fleur de Vries winkte ab.

»Die Coachs, die meine Seminare leiten, fingen auch so an, bis ich sie überzeugt habe, dass etwas mehr Seriosität einer Frau besser zu Gesicht steht.

Wenigstens bei der Klientel, die ich betreue.«

Heike Bachem tischte ihre Geschichte auf, die sie mit Wagenknecht konstruiert hatte.

Demnach stand sie in Scheidung.

Ihre Ehe war wegen der Insolvenz des gemeinsamen Unternehmens, das sie mit ihrem Mann geführt hatte, in die Brüche gegangen.

»Wir sind Anlage-Profiler und hatten auf die Expansion des chinesischen und russischen Marktes gesetzt. Haben anfangs auch sehr gut verdient, dann aber nach dem Desaster des Wirtschaftsboykotts Verluste gemacht.«

Sie seufzte und nahm einen Schluck Kaffee.

»Ich hätte ja noch mal einen Neuanfang gewagt, aber Robert, also mein Mann, kam mit der Situation nicht klar. Er sackte ab, fing das Trinken an, nahm sich billige Nutten und war mir gegenüber nur noch aggressiv. Als wenn ich an der Pleite alleine schuld wäre.«

Entschlossen sah sie Fleur de Vries an.

»Aber ich starte noch mal durch.

Ich spreche drei Sprachen, habe meinen Finanzwirt, weiß, wie man eine Flasche Champagner öffnet und welch angemessenes Trinkgeld man dem Servicepersonal gibt. Geschäftlich hatte ich mit Chinesen, Russen und Leuten aus dem Nahen Osten zu tun. Ich darf behaupten, die haben immer gerne mit mir zusammengearbeitet.«

»Wie sind Sie auf mich gekommen?«, unterbrach sie die Agenturchefin.

»Über eine Bekannte in der Stadtverwaltung. Von ihr habe ich von der Agentur erfahren, von dem, was Sie machen, und dass hier gut verdient wird.

Und nun bin ich hier.«

Nachdenklich blickte Fleur de Vries sie an. Ihr kam das Telefonat mit Will in den Sinn, mit seiner Forderung nach einer blonden Schönheit. Die Frau vor ihr wäre die Richtige, nur ginge sie mit einem besoffenen Russen ins Bett? Sie müsste sich schwer täuschen, wenn das so wäre.

Aber sie könnte die Lücke schließen, die Wafa hinterlassen hatte und ein Schulungsseminar brauchte sie auch nicht. Höchstens ein Wochenende bei Eline im Landhaus, damit sie in das Reglement der Agentur eingeführt wurde.

»Würden Sie nach einem schönen Abend mit einem Kunden, der Ihnen gut gefällt, ins Bett gehen?«, fragte sie.

Die Frage war eine Provokation, das Ergebnis war entscheidend.

Entrüstet stand Heike Bachem auf, sah Fleur de Vries vernichtend an und ging zur Tür.

»Ich glaube, ich bin hier doch verkehrt. Ich muss meine Bekannte wohl falsch verstanden haben.«

»Halt!«

Lachend kam Fleur de Vries auf sie zu, umarmte sie und schnupperte das teure Parfüm.

»Das war ein Test.

Willkommen in meiner Agentur.«

Gestresst und bis in die Ohrenspitzen vollgepumpt mit Frust, kam Wolfsbach von Düsseldorf zurück. Erleichtert ließ er sich in seiner Wohnung in die Clubgarnitur fallen.

Nein!

So würde er nicht zur Ruhe kommen. Nach dem ätzenden Tag brauchte er etwas zum Runterfahren. Er ging an den Kühlschrank, öffnete eine Flasche Chardonnay und schenkte sich ein großes Glas ein. Etwas, das er um diese Zeit, es war Spätnachmittag, normalerweise nicht kannte.

Während er den Wein trank, stand ihm wieder die Szene vor Augen, als sein Herr Papa ihn Franz Maifeld, dem derzeitigen Referenten für Innere

Sicherheit vorstellte. Ein Mann, der aufgrund der offensichtlichen Absicht des Herrn Staatssekretärs, seinen Sohn zu protegieren, vor Verlegenheit nicht wusste, wie er sich drehen und wenden sollte.

»Es wird wohl höchste Zeit«, so Dr. Wolfsbach, »dass ein so fähiger Kopf wie mein Sohn von der Dienststelle in der Provinz in ein höheres Amt berufen wird. Vorzugsweise hier nach Düsseldorf, Innere Sicherheit, versteht sich.« Dann wurde sein Vater nicht müde, dem Herrn Referenten von den Erfolgen zu berichten, die sein Sohn bei den Mordfällen im Bergischen zu verzeichnen hatte.

Wolfsbach hätte sich am liebsten unsichtbar gemacht. Sein Vater hatte ihn gelinkt, das war klar. Er hatte ihn nach Düsseldorf gelockt wegen einer angeblichen Streitsache zwischen ihm und seiner geschiedenen Frau. Da müsste etwas zugunsten ihres gemeinsamen Sohnes geklärt werden, hieß es. Sie hätten einen Termin beim Rechtsanwalt. Für den Sohn bedeutete das Anwesenheitspflicht.

Nur hatte der Anwalt plötzlich einen Gerichtstermin und stand nicht zur Verfügung. Aber da er nun einmal da war, sollten sie zumindest zusammen essen gehen, so sein Vater. Und wie der Zufall es so wollte, trafen sie in einer Nobelkneipe auf der Königsallee den Herrn Referenten.

Jetzt im Nachhinein war es Wolfsbach klar, das Maifeld auf seinen Vater gewartet hatte. Er aber nicht wusste, dass der Sohn des Herrn Staatssekretärs auch kommen würde. Sein Erstaunen, als er ihm vorgestellt wurde, war echt.

Sein Vater hatte dann auch die gesamte Rechnung bezahlt.

Alles klar!

Bevor er sich weiter in den Frust hineinsteigern konnte, meldete sich die Rufanlage.

»Heike hier.«

Als sie aus dem Aufzug kam, verschlug es ihm die Sprache. Die Frau, die vor ihm stand, hätte an jedem Schönheitswettbewerb teilnehmen können. Er starrte sie an und blieb wie festgenagelt stehen.

»Wenn du mich mal durchlassen würdest, ich muss mal aufs Klo«, drängte Heike Bachem. Sie drückte sich an ihm vorbei und ging in Richtung Bad.

»Da komme ich ja gerade richtig«, strahlte sie dann im Wohnraum und nahm einen großen Schluck Wein aus seinem Glas.

»Genau das brauche ich jetzt.«

Fasziniert musterte er sie von oben bis unten. Er fasste es immer noch nicht, wie verändert die sonst sportlich gekleidete Kollegin aussah. Das irre Make-up, wo sie sich schon schwertat, einen Lippenstift zu benutzen.

»Wahnsinn, was hat man denn mit dir gemacht?«, brachte er schließlich zustande.

»Tja«, Heike Bachem bewegte sich aufreizend einige Schritte auf und ab, »hier siehst du die neue Mitarbeiterin von *Exhibition Agency Cologne*.

Gage pro Tag eintausend Euro, die nächsten Wochen leider aber schon ausgebucht. Ich setzte Herrn Kriminalassistent Wolfsbach aber gerne auf die Warteliste«, feixte sie.

Wolfsbach nahm sein Glas und zog das Super Model auf die Couch.

»Und wie sieht die Gage für einen mittellosen Kriminalassistenten aus?«, meinte er grinsend.

»Hm, lass mich mal überlegen. Vielleicht etwas Leckeres vom Pasta-Service, einen Hektoliter Wein und als Krönung der neuste Fantasy Film. Meinst du, ein mittelloser Kriminalassistent könnte das aufbringen?

Ach ja, eine Rückenmassage müsste auch noch drin sein!«

Bezüglich Massage wollte Wolfsbach schon mal Vorkasse leisten, als Heike Bachem sich abrupt erhob, die High Heels abstreifte und meinte, sie müsste sich jetzt erst einmal duschen.

»Unter dieser ganzen Schminke werde ich sonst noch wahnsinnig«, stöhnte sie. »Den ganzen Tag kam ich mir vor, als würde ich eine Maske tragen. Du hast doch sicher auch ein T-Shirt und eine Shorts für mich, ich muss raus aus den engen Klamotten.«

Damit verschwand sie ins Bad und Wolfsbach nahm sein Handy und scrollte nach dem Pasta Service.

»Wunderbar.«

Heike Bachem strahlte, als sie frisch geduscht aus dem Bad kam und Wolfsbach umarmte.

»Gegen das hier kann mir das ganze Aufgesetzte in Köln gestohlen bleiben. Da sind alle nur auf Show aus, je krasser, umso besser.

Obwohl«, sie blickte nachdenklich durch das Panoramafenster auf den Steinmuller Platz.

»Fleur de Vries, die Chefin der Agentur, hat einen

richtig guten Eindruck auf mich gemacht. Korrekt, elegant und teuer gekleidet, aber doch tough. Die steht mit beiden Beinen im Leben. So mein Eindruck. Ich glaube, wir hätten uns gut verstanden und es tut mir jetzt schon leid, wenn sie erfährt, dass ich Polizistin bin und sie hintergangen habe.« Die Vorstellung ging ihr wirklich nahe, das waren die Schattenseiten ihres Jobs.

»Hast du schon herausbekommen, wieweit die Agentur mit der Security Firma zusammenarbeitet und gibt es eine Verbindung nach Wiehl?«

Gespannt blickte Wolfsbach sie an.

»Und ob!«

Mit zufriedener Miene nahm Heike Bachem ihr Glas und stieß mit ihm an.

»Es ist so, dass die Agentur von der Firma *Köln First Security* laufend Sicherheitspersonal anfordert. Genauer: Bodyguards für ihre hochkarätigen Kunden. Wenn ich für einen zwölfstündigen Einsatz eintausend Euro bekomme, kassiert die Agentur das Fünffache. Und die Bodyguards werden auch nicht gerade unterbezahlt.

Also ein Bombengeschäft für beide Firmen.

Aber jetzt kommt es.«

Sie legte ihre Beine auf die Oberschenkel von Wolfsbach und entspannte sich.

»Am Montag bin ich einen Tag in dem Seminar Center der Agentur. Quasi zur Einführung in das Reglement der Firma, so hat die Chefin das bezeichnet.

Und nun rate mal, wo das ist?«

Wolfsbach massierte ihre Beine und sie fühlte wie die aufgestaute Anspannung langsam nachließ.

»In Wiehl. Ist doch klar.«

»Spielverderber.«

Ruckartig setzte sie sich auf und gespielt beleidigt nahm sie sich das letzte Stück Pasta.

»Wie kommst du auf Wiehl?«, quetschte sie heraus.

»Geraten. Es wäre doch der Hammer, wenn die Tote und die zwei erschossenen Typen etwas mit diesem Seminar Center zu tun hatten. Damit rückte die Agentur in den Fokus.«

So richtig schön satt rückte Heike Bachem eng an ihn heran.

»Hört sich logisch an, Gernolf, da könnte was dran sein. Das müssen wir näher analysieren. Dafür brauche ich aber Entspannung, die fördert die Gedankenströme. Wie war das mit der versprochenen Rückenmassage?« Sie zog das T-Shirt aus, legte sich auf das weiche Leder der Coach und dachte, dass mit der Analyse hätte eigentlich auch bis später Zeit.

20

Landhaus Bismarck

Sie wollte nicht glauben, was sie sah. Vor ihr breitete sich das reinste Chaos aus. Auf der Anrichte im Wohnraum standen Platten mit gammeligen Essensresten, Champagner Flaschen und zerdepperte Gläser lagen auf dem Boden und es stank bestialisch. Irgendwo muss hier einer hin gekotzt haben, fuhr es Eline Hendrik durch den Kopf.

Als sie tiefer in den Raum hineinging, sah sie den teuren weißen Zweisitzer draußen auf der Terrasse stehen. Total mit eingezogener Kotze versaut, war der nur noch was für den Sperrmüll.

»Nein«, brüllte sie in den Raum hinein. »Ihr verdammten Schweine.«

Sie registrierte die winzigen Schalen mit weißem Pulver, betrachtete sie näher, und wenn sie selbst auch nie etwas mit Drogen zu tun gehabt hatte, war ihr klar, dass dieses hier so etwas sein musste.

»Was war denn hier los«, stöhnte sie. Laut ihrer Chefin sollte doch hier ein prominenter, ausländischer Kunde ein Wochenende verbringen.

Gepflegt.

Anonym, abseits von Paparazzi und Medienvolk.

Sie müsste sich um nichts kümmern. Sollte mit Ruben und den Frauen ins Hotel ziehen. Alles würde bezahlt. Igor würde dort auf sie achten.

Und nun diese Schweinerei.

Mit düsteren Vorahnungen dachte sie an die Schlafräume. Bizarre Bilder entstanden in ihrem Kopf, ihr wurde schlecht.

»Kann ich Ihnen helfen?«

Erschrocken zuckte Eline zusammen und musste sich erst wieder in die Realität finden. Sie drehte sich um, sah eine schöne blonde Frau, die das Chaos betrachtete.

»Ach du liebe Güte, sie sind bestimmt die Neue«, stammelte sie.

»Laura Boer, ich sollte mich bei Ihnen melden. Ich bin etwas früher dran, die Autobahn war Stau frei.

Und die Haustür war offen.«

»Verzeihen Sie das Chaos hier.«

Eline versuchte sich zu fangen.

»Hier müssen am Wochenende irgendwelche Irren eingedrungen sein und haben dies hier veranstaltet.«

Heike Bachem betrachtete die geschlossene Terrassentür, dachte an die unversehrte offene Haustür und bemerkte auch sonst nirgendwo Anzeichen, dass eingebrochen wurde. Was sie aber sofort bemerkt hatte, war das weiße Pulver in den Schalen und die Ausdünstungen einer wilden Party.

Eline wusste nicht, was sie mit der Neuen anfangen sollte. Die hätte erst eine Stunde später da sein sollen und wäre dann in den normalen Seminarablauf aufgenommen worden. Und nun hatte sie das hier alles gesehen.

In dem Moment hörte sie draußen das Auto von Ruben Brouwer in die Einfahrt fahren. Der kam gerade richtig. Als er in den Raum kam, gab sie ihm ein Zeichen, sich zurückzuhalten. Sie stellte ihm Laura Boer vor und schickte beide in den kleinen Seminarraum. Dort sollte Ruben der Neuen schon mal einiges erklären.

Mit gemischten Gefühlen ging Eline die Treppe hoch in die obere Etage, wo sich die Schlafräume befanden. Das große Zimmer mit dem Doppelbett nahm sie sich zuerst vor.

»Wahnsinn«, murmelte sie, als sie in den Raum ging. Geschockt registrierte sie die Metallketten, die an den Bettpfosten befestigt waren und ihr Blick blieb an der schwarzen Ledermaske hängen, die auf dem Bett lag. Rote Flecken zeichneten sich auf dem Laken ab, sie bekam panische Angst, dass es Blut sein könnte. Sie ging auf das Bett zu und stieß an eine Bordeaux Flasche, die auf dem Boden lag.

Rotwein als Simulator für Blut?, schoss es ihr durch den Kopf.

Für den letzten Kick?

Auf jeden Fall musste eine abartige Sauerei gelaufen sein, und das wollte sie nicht verantworten. Sie würde Fleur de Vries Fotos schicken, die musste das dann mit ihrem Auftraggeber klären. Schließlich hatte sie sich darauf eingelassen, das Haus einem anscheinend durchgeknallten Typen zu überlassen.

Nachdem ihr Ruben Brouwer über eine Stunde lang einiges über ihre Aufgaben erklärt hatte, gingen sie in die Cafeteria und dort gab es ein kleines Frühstück. Die Frau, die sie bediente, machte einen sauberen, netten Eindruck. Wie auch Ruben, der eine angenehme Art hatte, ihr die Dinge zu erklären. Nach ihrer Frage, ob noch andere Damen im Hause wären, erfuhr sie, dass die Seminar Teilnehmerinnen gegen Mittag erscheinen würden.

»Eigentlich wären sie schon hier«, erklärte Ruben, »aber nach dem Vandalismus, der hier stattgefunden hat, muss erst alles wieder in Ordnung gebracht werden. Aber mach dir keine Sorgen, was wir heute nicht schaffen, erledigen wir morgen. Wir haben schöne Zimmer, du wirst dich wohlfühlen.«

Spontan wollte Heike Bachem ihm sagen, dass sie nicht übernachten würde, verkniff es sich aber gerade noch. Wäre vielleicht gar nicht verkehrt, die anderen Frauen näher kennenzulernen.

Tagsüber in den einzelnen Seminaren bekam sie einen ersten Eindruck von den Frauen, die geschult wurden. Wenn auch verschiedener Nationalität, eines hatten sie gemeinsam, sie alle waren umwerfende Schönheiten. Von Natur her, sie brauchten keine Visagistin. Sie waren gebildet, charmant, hatten gepflegte Umgangsformen und Heike Bachem konnte sich vorstellen, dass Fleur de Vries locker fünftausend Euro pro Tag für diese Traumfrauen kassieren konnte. Bei entsprechend zahlungskräftiger Kundschaft, versteht sich. Doch daran schien es ja nicht zu mangeln.

Kurz vor einundzwanzig Uhr ging der Seminartag zu Ende und die Teilnehmerinnen waren geschafft. Alle waren froh, dass sie ihre Zimmer aufsuchen konnten. Ein Gespräch untereinander war nicht mehr drin. Im Stillen fragte sich Heike Bachem, ob das so gewollt war. Ihr blieb dann auch nichts anderes übrig, als sich zurückzuziehen. Leider, sie hatte sich von dem Abend mehr versprochen.

Als sie aus dem Bad kam, schüttete sie sich ein Glas Wasser ein, als es leise an der Tür klopfte. Überrascht überlegte sie, wer das sein könnte. War ihr Couch Ruben vielleicht doch nicht so harmlos, wie er sich gab?

»Wer ist da?«, sagte sie und ließ die Tür geschlossen.

»Ghada«, hauchte eine dünne Stimme, »du kennst mich.

Können wir reden?«

An Ghada konnte Heike Bachem sich erinnern. Sie war ihr aufgefallen, weil sie einen seltsam ruhigen, ja fast schon traurigen Eindruck machte. Als würde sie etwas bedrücken.

»Bist du alleine?«

»Ja.«

Ghada huschte schnell ins Zimmer und legte den Zeigefinger auf ihre Lippen. Einen Moment horchte sie noch in den Flur hinein und schloss dann leise die Tür. Auch sie hatte sich schon Shorts und Shirt angezogen und Heike Bachem fragte sich, ob der Entschluss mit ihr reden zu wollen, eine spontane Entscheidung von Ghada war. Ihren feuchten Augen nach musste sie Probleme haben. Sie zeigte auf den Sessel, der im Zimmer stand, schenkte ein Glas Wasser ein, reicht es Ghada und setzte sich auf die Bettkante.

»Kann ich dir helfen?«, sagte sie und blickte der jungen Frau freundlich in die Augen. Ghada brauchte eine Weile, bis sie schließlich nickte.

»Ja, vielleicht kannst du mir helfen. Du bist eine Neue, bist du auch geflüchtet?«

Heike Bachem fühlte, wie sich Anspannung in ihr aufbaute.

»Neue ja, Flüchtling nein«, antwortete sie.

Sie bemerkte, wie Ghada zusammenfuhr, und berührte sie behutsam am Arm.

»Du kannst mit mir reden, ich bin wie du für den Begleitservice engagiert, mehr aber auch nicht. Mit der Agentur habe ich sonst nichts Näheres zu tun.«

»Gut.«

Ghada hatte sich entschlossen, der Frau ihr gegenüber zu vertrauen. Eine Alternative hatte sie nicht.

»Ich heiße Ghada Schari und bin mit meiner Freundin Wafa Alaya aus Syrien geflüchtet«, begann sie und berichtete von ihrer Flucht und der glücklichen Fügung, dass Eline und Ruben im Auffanglager auf sie gestoßen waren. Über ihr Jobangebot und dass sie sich um alles gekümmert hatten. Dass alles glattgelaufen war. Am Ende zog sie ihr Handy aus der Tasche und zeigte Heike Bachem ein Foto von Wafa.

»Seit Tagen hoffe ich, dass sie zurückkommt, aber ich glaube nicht mehr daran, ihr muss etwas Schreckliches passiert sein«, sagte sie bedrückt.

Mit Mühe gelang es Heike Bachem, sich die Überraschung nicht anmerken zu lassen. Sie sah, wie bildschön die Tote gewesen war. Wie strahlend sie ihre Freundin Ghada umarmt hielt, wie die beiden Frauen glücklich waren, es in den sicheren Westen geschafft zu haben. Und dann wurde das Leben dieser jungen Frau von einem Irren zerstört, der sich nicht unter Kontrolle hatte. Von einem Monster, dem jegliche Menschlichkeit fehlte.

Eine irre Wut baute sich in ihr auf. Sie wünschte, der Mörder wäre nicht so billig mit einem Kopfschuss davongekommen. So ein Schwein hätte Qualen erleiden müssen, um irgendwann zu verrecken. Sie überlegte, was sie machen sollte. Es war unmöglich, der verzweifelten Frau vor ihr jetzt schon zu sagen, dass ihre beste Freundin ermordet wurde. Schon gar nicht, auf welch furchtbare Weise. Es war nicht abzuschätzen, was sie in ihrer Panik alles anstellen würde.

»Was sagt denn Eline dazu? Hat sie was unternommen, war sie bei der Polizei?«, fragte sie.

»Nein.«

Ghada schüttelte den Kopf und erzählte, was sie von Eline wusste. Und dass sie nicht zur Polizei gehen könnten, da sie keine Papiere hatten. Die aber beantragt wären, so Eline.

Nachdenklich schüttete Heike Bachem nochmals Wasser nach und überlegte, wie sie Ghada beruhigen konnte. Schließlich versprach sie ihr, sich am nächsten Tag in Köln umzuhören. Ob in der Zeitung was über Wafa gestanden hätte oder sonst etwas über eine unbekannte Frau veröffentlicht wurde. Sie hätte gute Kontakte zu den Medien, ließ sie durchblicken. Am Schluss bat sie Ghada, das Foto von Wafa ihr aufs Handy zu schicken.

»Und Ghada«, sie umfasste beide Arme von ihr und

blickte sie eindringlich an. »Du bleibst ganz ruhig, lässt dir nichts anmerken und unternimmst auf keinen Fall etwas.

Versprochen?«

Mit feuchten Augen stimmte Ghada zu.

21

Kommissariat

Nach dem nächtlichen Anruf von Heike Bachem hatte Wagenknecht eine Konferenz für den frühen Morgen angesetzt. Die Ermittlungen ihrer Oberkommissarin brachte sie endlich weiter. Besser noch, einiges war bereits geklärt. Ihre Rolle bei *Exhibition Agency Cologne* war für Heike Bachem ausgespielt. Mehr war in der Agentur für sie nicht drin. Nun konnten sie sich die Firma offiziell vornehmen.

Auf dem Parkplatz registrierte Wagenknecht, dass die Kollegen schon alle da waren. Sie sah auf die Uhr, ärgerte sich, eine glatte halbe Stunde zu spät zu sein. Hendrik hatte am Morgen psychische Probleme gehabt, deshalb war sie länger als sonst zu Hause geblieben. Sie wünschte sich sehnlichst, dass das endgültige Laborergebnis bald vorliegen würde. Damit sie wüssten, wie ihr zukünftiges Leben verlaufen würde.

So, oder so.

Plötzlich fröstelte sie.

Im Besprechungsraum roch es verführerisch nach frisch gebrühten Kaffee. Wegen der frühen Stunde hatte Alina Ysum Thermoskannen und einen Korb mit Hörnchen auf den Tisch gestellt. Der Dank ihrer Kollegen war entsprechend. Am Kopf der Runde hatte Heike Bachem ihr Laptop stehen und überspielte gerade die Fotos von ihrem Handy, als ihre Chefin in den Raum gestürmt kam.

»Leute, tut mir leid, dass ich spät dran bin.« Wagenknecht zeigte auf die Hörnchen. »Die übernehme ich.« Dann wandte sie sich an Heike Bachem und betrachtete sie von oben bis unten.

»Wow, Heike, mit diesem Outfit kannst du glatt auf den Laufsteg. Klasse siehst du aus.«

»Danke. Ich habe es nicht geschafft nach Hause zu fahren, um mich umzuziehen, ich komme direkt aus Wiehl, aus dem Schulungs Center der Agentur. Die Klamotten sind von einer Bekannten.«

Zuversichtlich sah Heike Bachem in die Runde.

»Aber ich habe euch was mitgebracht. Kareen, wenn du willst, kann ich anfangen.«

»Super, dann kann ich in Ruhe noch einen Kaffee trinken.« Wagenknecht war froh, dass sie nicht direkt ins Visier ihrer Leute kam, sie musste sich erst etwas fangen. Die Sorgen um Hendrik gingen ihr nicht aus dem Kopf.

»Unsere unbekannte Schöne«, dozierte Heike Bachem und warf das Foto, das sie von Ghada bekommen hatte, über einen Beamer an die Wand.

»Wafa Alaya mit ihrer Freundin Ghada Schari. Beide sind zusammen aus Syrien geflüchtet.«

»Wahnsinn, was für scharfe Weiber, die würde ich auch mal gerne...« Henny Strassfeld bemerkte den scharfen Blick seiner Kollegin Bachem und verschluckte den Rest.

Bei der Truppe breitete sich Besturzung aus. Jetzt, wo sie Wafa Alaya strahlend lachend mit ihrer

Freundin sahen, nahm ihr tragisches Schicksal sie noch mehr mit. Alina Ysum, die Sensibelste unter ihnen, wischte sich verstohlen über die Augen.

Heike Bachem warf anschließend die verdeckt gemachten Fotos von den anderen Personen des Seminar Center an die Wand und erklärte etwas dazu.

»Aber das ist noch nicht alles.

Seht euch das an.«

Entgeistert starrten alle auf das Chaos in dem Haus. Mit spitzem Finger zeigte Heike Bachem auf die kleinen Schälchen mit dem weißen Pulver.

»Stoff vom Feinsten, aber Kotze gab es auch.« Damit blendete sie die versaute Couch ein.

»Und es geht weiter.«

Auf der Projektionsfläche erschien das Foto von dem Schlafzimmer. Mit der Ausrede auf die Toilette zu müssen, hatte Heike Bachem es geschafft, noch schnell dieses Foto zu machen.

Henny Strassfeld starrte auf die Metallketten am Bettgestell und stöhnte auf. Er wollte einen Kommentar loslassen, bemerkte das ernste Gesicht seiner Chefin, und ließ es.

»Masochistische Spielchen, Alkohol, Drogen, da ist alles gelaufen. Und wer auch immer es war, es wurde der reinste Schweinestall hinterlassen.«

»Was sagt denn die Frau, also Ghada, dazu?«, meinte Wagenknecht.

Bedauernd zuckte Heike Bachem mit der Schulter.

»Die kann nichts sagen, die hat das nicht mit bekommen. Übers Wochenende mussten alle das Haus verlassen. Und am Montagmittag, als sie zurückkommen durften, war alles wieder top.«

Grinsend sah Heike Bachem in die Runde.

»Was glaubt ihr wohl, wie die Seminarleiterin aus allen Wolken gefallen ist, als ich plötzlich hinter ihr stand und das alles mitbekommen habe. Sie hat das dann als Einbruch, Vandalismus, hingestellt. Auf jeden Fall war sie nicht weniger überrascht als ich.«

»Das würde bedeuten«, warf Wolfsbach ein, »dass sie gar nicht wusste, was für einen gestörten Kunden sie in ihrem Haus hatte.«

»Genau Gernolf.«

Heike Bachem scrollte das Foto von der Chefin der Agentur hoch und warf es auf die Wand.

»Fleur de Vries, die Inhaberin von *Exhibition Agency Cologne* und damit auch von Landhaus Bismarck.« Sicherheitshalber warf sie Strassfeld einen warnenden Blick zu, für seine Kommentare hatte sie jetzt keine Nerven.

»Sie muss einem schwerreichen Kunden das Haus fürs Wochenende überlassen haben. Nur glaube ich nicht, dass sie wusste, was für einen durchgeknallten Typen sie an Land gezogen hatte. Da sieht sie mir nämlich nicht nach aus.«

Genervt setzte Schlösser klirrend seine Kaffeetasse auf den Unterteller und blickte verdrießlich in die Runde.

»Kann mir mal einer sagen, wie wir das checken sollen? Wir müssen das Seminar Center und die Agentur in Köln auf den Kopf stellen. Und das mit den paar Männeken. Unmöglich.

Wir brauchen Hilfe.«

»Langsam Martin, ganz ruhig.«

Wagenknecht stellte sich neben Heike Bachem und bat sie, das Foto von der Toten nochmals zu zeigen.

»Wir haben doch nun die Identität dieser Frau. Wir wissen, was sie vorhatte und wer sich um sie gekümmert hat.

Wir kennen ihren Mörder.

Was wir nicht kennen«, konzentriert blickte sie ihre Mitarbeiter an.

»Warum wurden Freddy Kohl und Elias Vinzenz umgebracht?

Und von wem?

Wir werden jetzt das, was wir haben, festhalten. Dann überlegen wir, wer was macht und am Schluss holen wir uns den Segen von Kriminalrat Schneider. Er kann sich auch um die Durchsuchungsbefehle kümmern.«

Aufmunternd blickte sie ihren Stellvertreter an.

»Martin, wenn wir dann sehen, dass wir noch Leute benötigen, werde ich die anfordern. Kollegen, die wir kennen, auf die wir uns verlassen können. Ich hoffe natürlich, dass wir erst gar nicht in diese Situation kommen werden.«

22

Köln

Mit Vorfreude auf das Treffen spazierte Fleur de Vries unterhalb des Hyatt Hotel an der Kölner Rheinpromenade entlang. Sie war einige Minuten zu früh und hatte keine Lust sich alleine auf die Hotelterrasse zu setzen. Sie freute sich auf Frederick von Arnstätten, ein Mann mit Kultur, geschliffenen Umgangsformen und dazu noch gutaussehend. Wäre er nicht verheiratet, hätte mehr aus ihrem Verhältnis werden können.

Trotzdem, Frederick war ein echter Freund, sowohl privat als auch geschäftlich. Von ihm kamen nach wie vor zahlungskräftige Kunden. Seriöse Kunden, nicht irgend so ein Mistkerl, wie es der Russe war, der ihr Will aufgezwungen hatte. Als sie von Eline die Bilder über das Chaos im Landhaus erhalten hatte, war sie drauf und dran gewesen, Frederick zu bitten, sich Will vorzuknöpfen. Doch sie hatte es bleiben lassen. Sie wusste, wenn Will in die Enge getrieben wurde, vergaß er sich schnell. Wer weiß, wie das ausgegangen wäre. Er hatte Kontakt zu Schlägertypen, die im horizontalen Gewerbe den Ton angaben. Nicht vorstellbar, das Frederik ihretwegen mit solchen Leuten aneinandergeraten könnte.

Gerade hatte sie sich über das Geländer der Rheinpromenade gelehnt und blickte auf die Schiffe, die dahin tuckerten, als ein Arm sie behutsam umfasste und sie an sich drückte.

»Frederick«, sagte sie, drehte sich um und küsste ihn flüchtig.

»Schön, dass du kommen konntest.«

Sie blickte in seine rehbraunen Augen, bewunderte seine gleichmäßigen, gut geschnittenen Gesichtszüge und konnte nicht vermeiden, dass es in ihrem Bauch anfing zu kribbeln.

»Wartest du schon lange«, meinte Frederick von Arnstätten und sah sie prüfend an.

»Nein.«

Fleur de Vries hakte sich bei ihm unter und zog ihn in Richtung der Hotelterrasse. »Aber ich habe einen Bärenhunger und gegen ein Glas Champagner hätte ich auch nichts einzuwenden.«

Bei dem traumhaften Wetter hatte sie einen Tisch mit Blick auf die Altstadt und den Dom gewählt und wieder einmal spürte sie, wie ihr Herz an dieser Stadt hing.

Und an Frederick.

Sie konnte es nicht verleugnen.

In seiner Nähe fühlte sie sich geborgen, weit weg von Will, der ihr Angst machte. Immer tiefer schien er in seine Sucht zu versinken und sie fürchtete, dass er irgendwann mal ganz ausflippte. Doch sie hatte sich vorgenommen, sich nicht mehr von ihm erpressen zu lassen, durch die Drogen, die im Seminar Center gefunden wurden, hatte sie ihn in der Hand.

»Hey Fleur, hier bin ich.«

Lachend sah Frederick sie an und drückte sanft ihre

Hand. »Du scheinst ja weit weg zu sein.«

»Entschuldige, es war in letzter Zeit alles etwas viel für mich. Aber jetzt Schluss damit. Wie geht es dir, läuft in deiner Familie alles rund?«

Es dauerte einen Moment, bis Frederick den Kopf schüttelte.

»Ja und nein.

Ja, weil meine Tochter in den USA große Erfolge mit ihrer Galerie feiern konnte.

Nein, weil es zwischen Sarah und mir kriselt. Ich glaube, sie hat ein Verhältnis mit einem anderen Mann.«

»Was?«

Fleur de Vries fiel aus allen Wolken.

»Unmöglich, das kann ich nicht glauben.«

Ein Räuspern unterbrach sie und der Ober überreichte ihnen die Speisenkarte. Sie entschieden sich beide für Zander und stießen danach mit Champagner an. Auf das, was sie eben gehört hatte, brauchte de Vries noch einen zweiten Schluck. Frederick in einer Krise, für sie unvorstellbar.

»Es fing damit an, als Sarah aus den Staaten zurückkam, wo sie Eva bei der Vernissage einer Ausstellung geholfen hatte«, erklärte Frederick. »Dabei lernte sie einen Künstler aus Frankfurt kennen. Beide sind mit demselben Flieger zurück nach Frankfurt und dort muss es dann passiert sein. Sarah blieb über Nacht, weil die Anschlussmaschine nach Köln ausfiel, so ihre Nachricht an mich. Da ich aber ein verdammt komisches Gefühl hatte, habe ich am Flughafen angerufen.

Tja, die Linienflüge sind an dem Abend alle pünktlich gestartet. Auch danach verhielt sie sich anders als sonst. Da stand plötzlich etwas zwischen uns.«

Es blieb lange still zwischen ihnen. Fleur de Vries kannte keine Frau, die so solide und stabil wie Sarah war. Und sie hatte das Gefühl gehabt, das Sarah in Frederick immer noch verliebt war. Klar, sie war eine faszinierende Frau, ihre Wurzeln lagen in Israel und sie hatte eine besondere Ausstrahlung. Dass sie von Männern umschwirrt wurde, war Sarah gewohnt, aber damit konnte sie umgehen.

»Puh, Frederick, das haut mich nun wirklich um«, entfuhr es ihr.

»Bist du dir auch ganz sicher?«

Noch bevor er etwas sagen konnte, brummte ihr Handy.

Lisa Mulder, ihre Sekretärin.

»Fleur, du musst sofort kommen, die Kripo ist hier und stellt alles auf den Kopf.«

Ihr wurde schlecht, entsetzt blickte sie Frederick an, der impulsiv ihre Hand nahm und fragte, was los sei.

»Ich komme mit«, sagte er entschlossen und rief nach dem Ober.

23

Ums Lindchen

»Bis zum Mittagessen haben wir noch etwas Zeit.« Blumberg sah auf die Uhr und dann Steingass an.

»Heinz, wir könnten noch eine Runde drehen, Max müsste auch mal raus.«

»Bin dabei, ich sage nur eben den Frauen Bescheid.« Steingass freute sich auf einen Spaziergang. Nach dem Kollegentreffen in Wiehl waren er und seine Frau noch für zwei Tage bei Blumbergs geblieben. Und wie das in netter Gesellschaft so ist, gab es viel zu erzählen und wenig Bewegung.

Max, der ja nun wirklich alles mitbekam, saß schon auf der Matte vor der Haustür und spinkste nach seinem Chef. Eigentlich war er sauer auf ihn, fühlte sich zurückgesetzt, in den letzten Tagen hatte sich alles auf die Gäste konzentriert. Doch wenn es hieß eine Runde drehen, konnte er großzügig wie er nun einmal war, so manches verzeihen.

»Ich zeige dir mal den neu angelegten Golfplatz«, meinte Blumberg zu Steingass und schlug die Richtung Sportpark ein. »Das heißt, neu angelegt ist er eigentlich nicht, aber doch großzügig erweitert. Dafür, dass nicht allzu viel zusätzliche Fläche zur Verfügung stand, haben die Planer das wirklich gut gelöst.«

»Spielst du da auch schon mal eine Runde?«, meinte Steingass und erinnerte sich an so manch schönes Spiel mit seinem Freund im Kölner Golfclub.

Blumberg seufzte leise.

»Heinz, ob du es glaubst oder nicht, ich bin nicht dazu gekommen. Immer war etwas anderes. Trotzdem, wenn ich ehrlich bin, gefällt es mir so, wie es ist. Herumtrödeln, das ist nichts für mich.«

Herumtrödeln, da war Max ganz seiner Meinung, das ging ja nun gar nicht. Er hatte bereits einen Fußkranken im Visier der über die Weide in Richtung Distelkamp daher hoppelte. Das richtige Objekt für sein Jogging Training. Er gab seinem Chef zu verstehen, dass die Leine so langsam lästig wurde und spurtete dann los.

»Carl, hast du eigentlich etwas Neues bezüglich der Mordfälle gehört?«, fragte Steingass interessiert. »Da müsste sich langsam was tun, sonst trudelt wirklich noch eine Kölner SK bei den Kollegen in Gummersbach ein.«

»Wird nicht nötig sein, da bewegt sich was«, antwortete Blumberg.

»Heike Bachem, die kennst du ja, hat verdeckt in einer Kölner Agentur gearbeitet und einen Volltreffer gelandet. Stell dir vor, sie hat in dem Schulungs Centrum dieser Firma eine Frau kennengelernt, die mit der Ermordeten aus Syrien geflüchtet ist. Beide Frauen haben es bis an die österreichische Grenze geschafft und wurden dann dort in einem Auffanglager von Leuten der Agentur, in der Heike Bachem ermittelte, rekrutiert. Ist doch wohl irre, oder? Jedenfalls bringt uns diese Geschichte nun wirklich weiter.

Übrigens dieses Schulungs Centrum, genannt

Landhaus Bismarck, befindet sich in Wiehl. Dort werden die Frauen auf ihre Aufgaben als exklusive Begleitdamen für stinkreiche Kunden geschult. Für die Repräsentation in bester Gesellschaft. Mit top Gage. Ohne Sex. Eigentlich keine üble Sache.

Trotzdem«, zweifelnd schüttelte Blumberg den Kopf, »irgendwie habe ich das Gefühl, das mehr dahinter steckt.«

Eine Weile blickte Steingass Max hinterher, der auf der Weide mit seinem Sparring Opfer die reinste Zirkusnummer abzog. Dann drehte er sich zu Blumberg hin.

»Du glaubst an Bandenkriminalität?

An eine richtig große Sache?«

»Große Sache weiß ich nicht, aber dass dieser Freddy Kohl und sein Kumpel erschossen wurden, kann doch nur bedeuten, dass irgendetwas im Gange ist. Dann die Sauerei in dem Schulungs Center der Agentur. Wenn man so will, ist zwar nichts Ernsthaftes passiert, aber immerhin hat sich da ein Perverser ausgetobt. Abartiger Sex, Alkohol, Drogen. Und überlassen hat ihm die Bude die Inhaberin der Kölner Agentur.

Angeblich anonym.

Heinz, das stinkt doch!«

»Was ist mit dieser Security Firma in Köln, bei der einer der beiden ermordeten Bodyguards beschäftigt war?«, gab Steingass zu bedenken.

»Das werden wir bald wissen. Derzeit wird da alles auf den Kopf gestellt. Aber«, Blumberg sah seinen Freund an, »ich wette um ein Mittagessen im Wiehler

Brauhaus, dass nichts dabei herauskommt.«

»Mist aber auch«, brummte Steingass. »Alles schwebt im bergischen Nebel.«

»Genau so ist es«, meinte Blumberg und beobachtete Max, der nun fasziniert einem Wildwechsel hinterher schnüffelte.

»Aber Heinz, lass uns nochmal zusammenfassen:

Eine geflüchtete Frau aus Syrien wurde in Wiehl in einem abseits gelegenen Gelände vergewaltigt und anschließend in einem Bau-Klo getötet.

Der Mörder der Frau und sein Kumpel wurden danach erschossen, genauer gesagt, hingerichtet.

In einem anscheinend gepflegt geführten Schulungs Center findet eine widerliche Orgie statt.

Angeblich wusste die Besitzerin des Anwesens nicht, wem sie das Haus überlassen hatte.

Bei dieser Orgie gab es erstklassige Drogen. Drogen, die du nicht einfach an der nächsten Ecke bekommst.

Sieht man diese Geschehnisse im Zusammenhang, ergibt das eine verflixt heiße Kiste. Und ja, Bandenkriminalität oder organisiertes Verbrechen, egal wie man es nennen will, ist möglich.«

Steingass nickte nachdenklich.

»Carl, sehe ich genauso und ich befürchte, da kommt noch mehr.«

Bis kurz vor dem Neubaugebiet Sohnius Wiese hingen sie ihren Gedanken nach. Stellten sich die Varianten vor, die in der kriminellen Schachpartie verborgen sein konnten. Dann blieb Steingass plötzlich stehen, als wenn er gegen eine Wand gelaufen wäre.

Max, der das mitbekommen hatte, sprintete auf ihn zu und umrundete ihn jaulend.

»Ist ja gut Max, es ist doch nichts«, beruhigte ihn Steingass und kraulte ihn am Kopf. Dann blickte er mit einer tiefen Falte auf der Stirn zu seinem Freund hin.

»Carl, wenn du wüsstest, was mir gerade für ein Wahnsinn durch den Kopf geht, könntest du glatt einen Reichshofer Wacholdergeist vertragen.

Mindestens.

Eher einen mehr!«

24

Geburtstag von Hendrik

Den Abend hatte sich Wagenknecht freigehalten. Zumindest hoffte sie, dass nicht wieder jemand erschossen, massakriert, gefoltert oder sonst was würde, damit sie nicht doch noch weg musste.

Hendrik wurde fünfundvierzig, und da er nicht in ein Restaurant zu bewegen war, hatte sie ein Abendessen vorbereitet. Es gab Rumpsteaks, Backofenkartoffeln, Gemüseplatte und dazu einen Roten von der Ahr. Sie hatte Sorge gehabt, das Hendrik an seinem Geburtstag deprimiert sein könnte, erfreulicherweise war er gut drauf und hatte ihr in der Küche geholfen. Eigentlich konnte er sowieso besser kochen als sie, doch heute wollte sie ihn verwöhnen.

Entspannt saßen sie auf der Terrasse und ließen sich das Essen schmecken. Mit Blick auf die neue Fassade der Kirche kam so etwas wie heimelige Stimmung auf. Hendrik freute sich bereits wieder auf die Schule und erzählte von den guten Ergebnissen, die seine Schüler beim Abi erreicht hatten. Da er in der Endphase der Prüfungen nicht dabei sein konnte, hatte der Schulleiter ihm alle Infos zukommen lassen.

»Wie ist das eigentlich, hast du auch Schüler mit Migrantenhintergrund in deiner Klasse?«, fragte Wagenknecht interessiert.

»Klar, ein Junge und zwei Mädchen. Die sind richtig

gut. Wenn man bedenkt, welch schwierigen Weg die bewältigen mussten, um so weit zu kommen, ist ihre Leistung besonders hoch anzurechnen.«

»Nun ja, bei dem Lehrer«, meinte Wagenknecht lachend, nahm ihr Weinglas und stieß mit ihm an.

»So einfach ist das leider nicht«, erklärte er und setzte sein Glas ab. »Es kommt darauf an, wie die Kinder aufwachsen. Ob sie aufgeschlossene Eltern haben, die sich den Gegebenheiten bei uns anpassen und sich für die Weiterbildung der Kinder einsetzen. Das ist bei weitem keine Selbstverständlichkeit. Von Kollegen weiß ich, dass zu Hause bei Migranten oft katastrophale Verhältnisse herrschen. Entsprechend versagen die Kinder schon in den ersten Schuljahren.«

Er legte sich etwas Gemüse nach und blickte nachdenklich seine Lebensgefährtin an. Er hatte am Morgen in Online Aktuell einen Bericht über Schicksale von Flüchtlingen gelesen, der ihn einfach nicht mehr losließ. Er war sich unsicher, ob er darüber reden sollte, schließlich wollte er nicht den Abend verderben. Doch dann entschied er, das Thema anzusprechen. Indirekt lenkte es ja auch von den eigenen Problemen etwas ab.

»Habt ihr in eurer Dienststelle eigentlich mal was mit Schlepper zu tun gehabt, die Flüchtlinge abfangen, bevor sie überhaupt bei uns registriert werden?«, fragte er.

Wagenknecht war baff. Wie kam Hendrik ausgerechnet jetzt auf dieses Thema? Über die aktuellen Fälle hatte sie mit ihm kein Wort gesprochen.

»Tja, mit dem Thema werden wir gerade

konfrontiert, aber wie kommst du darauf?«

Hendrik erzählte von dem Onlinebericht, demnach Frauen und Kinder an deutschen Grenzen von kriminellen Schleppern abgefangen werden. Dass den Flüchtlingen der Himmel auf Erden versprochen wird und sie noch vor der Registrierung aus dem Lager geschleust werden.

»Aber, die bleiben nicht in Deutschland, sondern werden nach Holland und Belgien verfrachtet. Einige sogar nach Luxemburg.

In das berüchtigte Dreiländer-Dreieck.

Dort verschwinden sie in der Sex- oder schlimmer noch, in der Pädophilen Szene.«

Er nahm einen Schluck Wein und stellte sich das Elend der Menschen vor, die in einen solchen Sumpf gerieten und niemals mehr ein normales Leben führen würden.

»Schon seit Beginn der Flüchtlingskrise hat sich ein Bandenkartell gebildet, das grenzübergreifend agiert«, zitierte er den Bericht weiter. »Natürlich ist auch der Drogenhandel mit im Spiel.«

Bandenkartell!

Drogen!

Flüchtlinge!

In Wagenknecht regte sich was.

Wie in Trance legte sie Messer und Gabel behutsam auf den Teller und sah Hendrik entgeistert an.

»Das könnte passen«, platzte es aus ihr heraus.

»Erklären, warum Kohl und Vinzenz beseitigt wurden.

Erklären, dass Drogen aufgetaucht sind.

Wahnsinn.

Feiern wir heute noch eine entspannte Zeit, das wird nicht mehr lange so bleiben.

Prost!«

Sie leerte in einem Zug ihr Glas, und als sie die irritierte Miene von Hendrik bemerkte, fing sie an zu lachen, schenkte Wein nach und meinte, ob er nicht zur Kripo wechseln wollte. Leute wie er würden dringend gebraucht.

Wenn es auch nicht gerade das Thema zum Geburtstag war, diskutierten sie doch noch lange über verschiedene Möglichkeiten, die sich bei den weiteren Ermittlungen ergeben könnten.

Diskutierten, bis nichts mehr ging.

Im Unterbewusstsein wussten sie beide, dass es auch eine Flucht vor ihren eigenen Problemen war. Eine Flucht vor der Ungewissheit, wie ihr weiteres Leben aussehen würde.

25

Bielstein

Sie musste Blumberg treffen. Wenn einer sich in der harten Szene auskannte, dann er. Und was er nicht kannte, nun ja, da gab es immer noch das Netzwerk, in das er eingeflochten war. Wagenknecht brauchte nur an Heinz Steingass zu denken, ein mit allen Wassern gewaschener Ermittler.

Entschlossen nahm sie ihr Handy und tippte auf die Nummer von Blumberg. Sie musste ihn wohl auf dem falschen Fuß erwischt haben, er brummelte was vor sich hin, war aber sofort bereit, sich mit ihr zu treffen.

»Bielstein wäre gut«, schlug sie vor.

»Ich hätte gerne meine Oberkommissarin Bachem dabei. Sie hat dort vor Ort einen Arzttermin, meinte aber, dass wir uns in etwa einer Stunde treffen könnten.

Wäre das okay?«

Automatisch brachte Blumberg Bielstein in Verbindung mit verführerisch leckeren Sachen, die es bei Müllers in der Metzgerei gab. Da es schon auf Mittag anging und Elsa mit einer Freundin eine Ausstellung besuchte, beschloss er, dort zu Mittag zu essen. Hausgemacht und superlecker. Für Max fiel bestimmt auch wieder was ab, die Müllers waren da spendabel.

Das passte.

»Wunderbar, dann bis gleich«, stimmte er zu.

»Gott noch, habe ich einen Hunger«, stöhnte Heike Bachem. »Wegen der Blutentnahme habe ich heute Morgen nicht gefrühstückt.«

Sie schielte zu den Frikadellen, die Blumberg bestellt hatte und ließ sich nicht zweimal bitten, zuzugreifen.

»Köstlich«, schnurrte sie, »wie bei Muttern. Da braucht man keinen Senf dazu.«

Auch Wagenknecht konnte den Frikadellen nicht widerstehen, während Blumberg die Tageskarte studierte. Er war erleichtert, dass die Hauptkommissarin gut aussah, anscheinend hatten sich ihre persönlichen Probleme etwas eingependelt. Sie erzählte dann auch von Hendriks Geburtstag und am Schluss über das Unfassbare, das mit Flüchtlingen getrieben wurde.

»Das muss man sich mal vorstellen«, meinte sie, »da nehmen Menschen in der Hoffnung auf eine bessere Zukunft unvorstellbare Risiken auf sich, und landen am Schluss im Dreck der Prostitution. Oder noch schlimmer, die Kinder werden von Pädophilen missbraucht.«

Sie sah ihre Kollegin und Blumberg an.

»Könnt ihr euch vorstellen, dass das schon seit Beginn des Flüchtlingsstroms so läuft? Und wir nichts davon mitbekommen haben?

Dass ich erst von Hendrik davon erfahren musste, der zufällig den Bericht auf Online Aktuell gelesen hat?

Das ist doch unglaublich!«

Abwiegend schüttelte Blumberg den Kopf und gab zu bedenken, dass es immer eine riskante Sache sei, seitens der Behörden diese Geschehnisse in die Öffentlichkeit zu stellen.

»Wir wissen doch am besten, dass die Kriminellen dadurch gewarnt und die Bevölkerung verunsichert wird.«

»Trotzdem.« Aufgebracht langte Heike Bachem nach einer zweiten Frikadelle. »Die polizeilichen Dienststellen müssten schon informiert werden.«

»Aber immer«, meinte Wagenknecht, »vielleicht wäre ja dann der Groschen bei mir etwas früher gefallen.

Und da kommen wir zum Punkt.

Fest steht, dass die ermordete Wafa Alaya bereits vor ihrer Registrierung abgefangen wurde. Wenn auch zugegebenermaßen von einer anscheinend seriösen Agentur.«

Sie zog die Stirn kraus und blickte einen Moment den Leuten hinterher, die geschäftig über die verkehrsberuhigte Straße huschten.

»Seriöse Agentur«, fuhr sie fort.

»Könnte mehr dahinterstecken?

Müssen wir hier nicht tiefer graben?

Denkt an die Drogen, die gefunden wurden.«

Sie bemerkte, wie Blumberg anfing zu blinzeln. Klar, der alte Fuchs hatte wieder was in der Rückhand.

»In genau diese Richtung hat Steingass gestern gezeigt«, erklärte er. »Derzeit gibt es in Köln in Abstimmung mit Europol eine Sonderkommission, die in dieser Sache ermittelt.

Grenzübergreifend.

Menschenhandel und Drogengeschäft im großen Stil. Soweit Steingass informiert ist, führen jedoch keine Spuren ins Bergische. Es wird vermutet, dass der führende Clan, der das Geschäft managt, sein Domizil in Köln hat.«

»Klar, ist irgendwie ja einleuchtend«, meinte Heike Bachem. »Köln liegt auf der Linie zwischen Österreich, Ungarn und den Benelux-Staaten.

Für die Kriminellen die perfekte Verbindung.«

Es blieb eine Weile still zwischen ihnen. Jeder hing seinen Gedanken nach und malte sich aus, inwieweit die Mordfälle darin verwickelt sein könnten. Schließlich gab sich Wagenknecht einen Ruck und blickte entschlossen ihre Oberkommissarin an.

»Heike, du kennst dich ja schon in der Kölner Agentur aus, du musst da noch mal hin.«

Verwundert blickte Heike Bachen sie an.

»Aber wir haben doch da schon alles auf den Kopf gestellt, ich glaube nicht, dass ich noch was finden werde.«

»Musst du auch nicht. Du sollst dir die Inhaberin, diese Fleur de Vries, nochmals vorknöpfen. Ich nehme ihr nicht ab, dass sie ihr Seminar Center, das piekfeine Landhaus Bismarck, anonym, wenn auch gegen viel Kohle, vermietet hat. Mein Bauchgefühl sagt mir hier was anderes.«

Blumberg, der die beiden Frauen aufmerksam im Blick hatte bemerkte, das Heike Bachem nicht so ganz hinter dem Vorschlag ihrer Chefin stand. Er konnte es nachvollziehen, denn immerhin hatte Fleur de Vries sie eingestellt. Hatte ihr gegenüber Vertrauen gezeigt. An Heike Bachem nagte es bestimmt, dass sie die Frau hintergehen musste, obwohl ihr Job das verlangte. Sie würde die Agenturchefin nicht so hart angehen können, wie es erforderlich wäre.

Er wollte ihr helfen, durfte dabei die Autorität der Hauptkommissarin aber nicht infrage stellen.

»Also«, erklärte er, »für die Ermittlungen bin ich als Amtshilfe ja offiziell bestätigt.«

Vergnügt grinste er Wagenknecht an.

»Dazu fällt mir ein, dass wir noch nicht über mein Honorar gesprochen haben. Wäre nach Lösung der Fälle ein Umtrunk mit der gesamten Truppe im Wiehler Wirtshaus angemessen?«

»Immer«, schmunzelte Wagenknecht.

»Aber da kommt doch noch was, oder?«

Verdammt, schoss es Blumberg durch den Kopf, die kennt mich ja schon wirklich gut.

»Genau! Ich habe nämlich das ungute Gefühl, dass ich mir mein Honorar erst noch verdienen muss.« Nachdenklich trank er einen Schluck Mineralwasser.

»Ich könnte ja der Chefin der Kripo Gummersbach mal die Besonderheiten des Alten Kölner Hafen zeigen«, meinte er dann schon fast nebenbei. »Wirklich eine interessante Sache. Und ein Halven Hahn mit einem leckeren Kölsch wären auch noch drin.«

Verschmitzt blickte er zu der Hauptkommissarin hin. »Vorher könnten wir uns diese Fleur de Vries ansehen, es würde mich interessieren, mit welchem Prunk sie ihre Agentur präsentiert. Diese liegt ja praktisch auf dem Weg. Dabei hätte ich zudem das

Gefühl, für mein Geld etwas getan zu haben.«

Wagenknecht lachte, bis ihr die Tränen in den Augen standen. Sie hatte den Hintergrund des Angebotes von Blumberg verstanden und im Nachhinein gab sie ihm auch Recht. Heike Bachem könnte Probleme bei der Vernehmung von Fleur de Vries bekommen, die Ausgangsbasis wäre für sie nicht gerade gut. Bedauernd blickte sie Heike Bachem an und meinte, dass sie dem Angebot ihres Kollegen nicht widerstehen könnte.

»Aber dann musst du zum Schulungs Center und dir die Leiterin nochmal vornehmen. Vielleicht ergibt sich ja was Neues. Versuche herauszubekommen, ob es eine solche Orgie, wie sie kürzlich stattgefunden hat, schon einmal gegeben hat. Und Heike, sieh dir bei dieser Gelegenheit Ghada an, wie sie mit der Ermordung ihrer Freundin zurecht kommt. Ob sie Hilfe braucht, wir könnten ihr psychologische Betreuung anbieten.«

»Hatte ich auch schon daran gedacht«, erwiderte Heike Bachem. »Ich werde sehen, was ich tun kann.«

»Okay, dann ist ja alles klar«, äußerte sich Blumberg und erhob sich. »Dann lassen wir jetzt das Mittagessen hier ausfallen und starten sofort.«

Als er sich von Heike Bachem verabschiedete, drückte sie ihn kurz und hauchte ein »Danke« an sein Ohr.

26

Fleur de Vries

Sie waren auf der A4 in Richtung Köln kurz vor Overath und überlegten, ob sie nicht doch vorher in der Agentur anrufen und klären sollten, ob Fleur de Vries überhaupt da war.

Wagenknecht entschied dagegen.

»Ich halte den Überraschungseffekt für besser. Wenn sie nicht da sein sollte, locken wir vielleicht etwas aus ihrer Sekretärin heraus.«

Blumberg sah das ebenfalls so.

Sie hatten das unverschämte Glück, dass mal nicht in den Baustellen vor der Zoobrücke der Verkehr zum Stehen kam. Manchmal konnte Blumberg diese endlose Bauerei nicht verstehen. Irgendwie hatte er den Eindruck, dass nichts so richtig voranging.

Doch heute ging der Verkehr flüssig vorwärts.

Entspannt fuhren sie über die Rheinuferstraße und durch das offene Fenster betrachtete er, was sich so alles getan hatte. Einige alte, fast schon historische Gebäude wie das DB-Haus, waren top saniert, andere hatten es dringend nötig.

An die Reihe kommen müsste bald mal das potthässliche blaue Zelt, an dem sie gerade vorbeifuhren, wünschte sich Blumberg. Allerdings nicht zum Sanieren, sondern als Abrissobjekt. Bei dem Anblick wurde er jedes Mal sauer. Das Musical Dome, das ursprünglich fünf Jahre als vorübergehende Spielstätte gedacht war, verschandelte jetzt, nach über zwanzig Jahren, immer noch das Stadtbild. Und wahrscheinlich würde es so lange stehen bleiben, bis es wegen Einsturzgefahr verschrottet werden musste.

Dagegen zog Blumberg geradezu ehrfürchtig den Hut vor den Stadtplanern und Architekten, die den alten Rheinauhafen saniert hatten. Im wahrsten Sinne des Wortes hier herausragend die drei Kranhäuser. Soweit er wusste, hatte es für diese architektonische Glanzleistung sogar einen Architekturpreis gegeben.

Als sie aus dem Mercedes stiegen, zeigte er beeindruckt auf die Szene.

»Sieht das hier nicht einfach klasse aus, die wunderschön sanierten historischen Hafengebäude in harmonischer Kombination mit moderner Architektur?«

Er geriet richtig ins Schwärmen.

Auch Wagenknecht war beeindruckt und nahm sich vor, Hendrik das ganze Terrain einmal zu zeigen. Vielleicht nehmen wir die Räder mit, überlegte sie. Von hier aus könnten wir anschließend eine Radtour am Rhein entlang machen.

Von Heike Bachem hatten sie ja schon von der besonderen Atmosphäre im Empfangsbereich des Kranhauses gehört. Und doch blieb auch sie erst einmal überrascht stehen und ließ das Ambiente auf sich einwirken. Auch sie musste sich ein Lachen verkneifen, als sie die drei Schießbudenfiguren von Security betrachtete. Schließlich ging sie zum Empfang und sagte, dass sie zu der Firma *Exhibition Agency*

Cologne wollte.

»Oh«, meinte der Mann mit dem Namensschild Hugo Fischer. »Es könnte sein, dass sie da Pech haben. Soweit ich das mitbekommen habe, hat die Agentur heute eine Location außer Haus.

Aber das haben wir gleich.«

Er tippte auf einige Tasten und blickte dabei auf ein Display. Bedauernd schüttelte er den Kopf und meinte, dass alle ausgeflogen wären.

»Am besten kommen Sie morgen wieder, dann ist die Truppe wieder da.«

»Geht nicht.«

Ungeduldig klopfte Wagenknecht auf das Board der Empfangstheke.

»Wir müssen mit der Inhaberin der Agentur, Frau de Vries, reden.

Ich nehme an, Sie kennen sie.«

Blumberg bemerkte, wie der Mann sich versteifte, seine Miene wurde abweisend. Betont lange blickte er auf das Display der Kommunikationsanlage und sah dann Wagenknecht blasiert an.

»Machen Sie einen Termin, sonst geht hier nämlich nichts.«

»Nein!«

Wagenknecht zeigte auf den Scanner neben dem Aufzug.

»Hier hat man doch nur mit einer ID-Karte Zugang, ist das richtig?«

»Wieso wollen Sie das wissen?«

Sie musste amtlich werden, es ging nicht anders. Sie hielt dem Portier ihren Dienstausweis vor die Nase.

»Es wird also jeder erfasst, der rein oder raus geht«, stellte sie fest. »Das heißt, Sie können mir genau sagen, ob Frau de Vries in ihrer Firma ist.

Sehen Sie bitte nach.«

»Nein!

Datenschutz!

Geht nicht«, brummte Fischer.

Wagenknecht seufzte frustriert.

»Okay, machen wir es anders. In einer Stunde bin ich mit dem Zoll hier, um das Check-in zu überprüfen. Wegen Verdacht auf illegales Wohnen, Miet- und Steuerhinterziehung und so weiter.«

Sie drehte sich um, gab Blumberg einen Wink und steuerte den Ausgang an.

»Warten Sie!«

Fischer winkte sie zurück.

»Ich glaube, Frau de Vries wird nichts dagegen haben, wenn ich nachsehe, ob sie noch im Hause ist. Ich nehme an, Sie haben ein wichtiges Anliegen.«

Geht doch, freute sich Wagenknecht.

»Frau de Vries hat in der Tat nicht ausgecheckt. Sie müsste in der Agentur sein. Vermutlich hat die Sekretärin die Telefonanlage nicht umgestellt«, meinte Fischer. »Nehmen Sie Aufzug III, den schalte ich bis zur Siebten frei. Dann stehen Sie direkt vor der Eingangstür der Agentur. Ob Frau de Vries Ihnen die Tür öffnet, werden Sie dann sehen.«

Als sie aus dem Aufzug kamen sahen sie schon die Firmentafel der Agentur. Ansonsten war es auf dem Gang wie ausgestorben. Weiter hinten gab es noch zwei Türen zu den Toiletten, das war es dann auch schon. Anscheinend belegte die Agentur die gesamte Etage.

»Donnerwetter«, meinte Blumberg, »das hier dürfte eine Kleinigkeit gekostet haben.«

Als keine Kleinigkeit betrachteten sie die nur angelehnte Eingangstür. Allerdings war das bei dem Wachhund unten in der Rezeption eigentlich auch egal, dachten sie.

»Hier kommt sowieso keiner ohne Zugangsberechtigung hin«, meinte Wagenknecht.

»Klopfen wir mal brav an.«

Als nach dem dritten lauten Klopfen sich immer noch nichts regte, beschlossen sie hineinzugehen. Sie betraten eine hypermoderne Wohnlandschaft mit einem wahnsinnigen Blick auf das Rheinpanorama. Glas, Chrom, Einrichtung, alles nur vom Feinsten.

Menschenleer.

»Hallo, ist hier jemand?«, rief Wagenknecht, wonach sich immer noch nichts regte.

»Vielleicht hat der Portier sich geirrt und die Frau ist doch außer Haus«, vermutete Wagenknecht.

»Oder sie hört Musik, hält ein Schläfchen oder sonst was«, äußerte sich Blumberg. Er zeigte auf eine sandgestrahlte Glastür und Wagenknecht nickte zustimmend. Beim Anblick des eleganten Einzelbüros verschlug es ihnen die Sprache. Auf einem tiefschwarzen Teppich, der fast den ganzen Boden bedeckte, dominierte eine weiße Ledergarnitur. Breit, tief, modern. Daneben stand eine hohe Skulptur aus weißem Marmor. Auf einem Tablett bot die nackte, wunderschöne Frau imaginären Gästen Getränke an.

Das intensive Licht, das durch die Panoramafenster hereinfiel, ließ die Schönheit noch strahlender erscheinen.

Im Hintergrund des Raumes dominierte ein länglicher Tisch aus glänzendem Rauchglas. Zweifellos der Schreibtisch der Chefin. Davor stand ein Drehsessel, dessen hohe Rückseite ihnen zugewandt war. Erst auf den zweiten Blick bemerkte Wagenknecht das Haarbüschel, das sich über die Rückenlehne kräuselte.

Na toll, die Frau schläft wie ein Murmeltier, fuhr es ihr durch den Kopf. Hoffentlich bekommt sie keinen Herzinfarkt, wenn wir plötzlich vor ihr stehen. Sie sah Blumberg an, legte einen Finger auf ihre Lippen, ging behutsam zu der Frau hin und starrte entsetzt auf Fleur de Vries. Registrierte den Schnitt quer über ihren Hals, sah das viele Blut, das sich über das weiße elegante Kleid, auf Sessel und Boden verteilt hatte.

»Rasiermesser«, entfuhr es Blumberg und er ärgerte sich augenblicklich über seine Pietätlosigkeit.

Wagenknecht hatte schon ihr Handy in der Hand und tippte auf die Nummer ihres Chefs. Jetzt brauchte sie seine Unterstützung.

»Schneider.«

Seine Stimme hörte sich an wie eingerostet. Sie lieferte einen kurzen Bericht und sagte zu, als er sie bat umgehend bei ihm zu Hause vorbeizukommen.

»Ich werde veranlassen, dass die Kollegen aus Köln sich um den Tatort kümmern. Und bringen Sie Blumberg gleich mit«, meinte er abschließend.

Bevor sie gingen, blickten sie sich alles genau an.

Wagenknecht machte Fotos mit ihrem Handy und bemerkte, dass der Laptop auf dem Schreibtisch hochgefahren war, wenn auch im Standby Modus.

Sie konnte nicht widerstehen.

Mit dem spitzen Fingernagel drückte sie auf die Entertaste und sah vor sich die Liste der eingegangenen Mails.

»Die lasse ich mir nicht entgehen«, flüsterte sie und fotografierte sie ab. In dem Moment hörten sie aber auch schon draußen Sirenengeheul und mit einem letzten Blick auf das entstellte Gesicht von Fleur de Vries verließen sie die Agentur.

27

Marienburg

Immer wenn Blumberg durch den mondänen Wohnort fuhr, dachte er daran, wie viel Geld doch so manche Leute hatten. Und das schon seit Generationen. Oder besser gesagt, von Generation zu Generation wurde es mehr.

Normalerweise.

Er kannte aber auch Fälle, wo die Jungen das Vermögen, das sich ihre Vorfahren erarbeitet hatten, in Sauß und Braus verjubelten. Dann gab es noch die Neureichen, die sich eingekauft hatten, koste es, was es wolle. Hauptsache sie hatten auf ihrer Karte die noble Adresse stehen. Neureiche, die ihr Grundstück durch moderne, sterile Metallzäune abschotteten, mit protziger Videoüberwachung, versteht sich.

Dagegen hatte in der Lindenallee das konservative, solide Erscheinungsbild festen Bestand. Im Vorbeifahren bewunderte er die wunderschön angelegten Gärten mit den gepflegten alten Villen. In einem solch schönen Anwesen wohnte Dr. Fritz Schneider. Auch schon in der dritten Generation, wie Blumberg wusste. Ein alter Freund, mit dem er so manchen heiklen Fall gelöst hatte. Wenn es sein musste, auch schon mal mit großzügig ausgelegten Kompetenzen. Zu ihren Vorstellungen verstand sich.

Schneider, gut zehn Jahre jünger als Blumberg, war

aktuell als zukünftiger Polizeipräsident im Gespräch. Und so wie er vernetzt war, hatte er auch die besten Chancen, es zu werden.

Was Blumberg als sehr beruhigend empfand, war die Tatsache, dass Schneider voll und ganz hinter der Hauptkommissarin stand. Auch für ihren Karrieresprung zeichnete er sich verantwortlich. Musste aber keiner wissen, so hatte er zu Blumberg einmal gesagt. Einen solchen Mann im Rücken zu haben, war für Wagenknecht und ihre Dienststelle wie ein Lottogewinn.

Wagenknecht parkte direkt vor dem Haus und sie hatten kaum die Rufanlage aktiviert, als auch schon die Haustür aufging und Marianne Schneider sie strahlend empfing. Für Marianne gehörten Wagenknecht und Blumberg fast schon zur Familie.

»Carl, schön dich mal wieder zu sehen«, begrüßte sie Blumberg und umarmte ihn herzlich. Dann trat sie einen Schritt zurück und musterte besorgt Wagenknecht.

»Kind, du gefällst mir aber gar nicht, du hast abgenommen. Macht dich der Stress mal wieder fertig oder schikaniert dich etwa mein Mann?«

Lachend drückte Wagenknecht sie an sich und beruhigte sie.

»Alles gut, Marianne, aber du weißt ja, die Kriminellen werden nicht weniger.«

»Leider«, seufzte die Hausherrin. »Mir wäre es auch lieber, Fritz würde etwas langsamer treten, aber jetzt schütte ich uns erst einmal Kaffee auf und etwas von der Erdbeertorte ist auch noch da.« Sie blinzelte zu

Blumberg hin und meinte, Sahne könnte sie auch noch auftreiben.

In der Diele empfing sie ein trockener Husten und Schneider warnte sie näherzukommen.

»Ist wieder so eine blöde Sommergrippe, die ich mir eingefangen habe«, knurrte er. »Kann ich zurzeit überhaupt nicht gebrauchen.«

»Die Zeit, Fritz, in der du so was gebrauchen kannst, wird es auch nie geben«, kommentierte Blumberg trocken.

»Wahrscheinlich, Carl, aber jetzt muss ich mal genau wissen, was in Köln gelaufen ist.« Er bat seine Frau, sich mit dem Kaffee noch eine halbe Stunde zu gedulden, und bugsierte die Besucher in sein Arbeitszimmer.

Nachdem Wagenknecht ihren Bericht abgeliefert hatte, blieb es erst einmal eine Weile still. Es war offensichtlich, in Schneider arbeitete es.

Arbeitete es gewaltig.

»Das stinkt nach organisierter Kriminalität«, meinte er schließlich. »Hier wird weit über die Grenzen des Bergischen hinaus agiert.

Sehr weit hinaus.«

Als er bemerkte, dass die Hauptkommissarin zustimmend nickte, blickte er sie fragend an.

»Sie denken an was Konkretes?«

»Ja. An Menschenhandel mit Flüchtlingen und Drogen im großen Stil.«

Mit gerunzelter Stirn blickte sie ihren Chef an.

»Und ich bin wirklich erstaunt, dass ich auf Umwegen, quasi außerdienstlich erfahre, dass da schon lange was läuft. Das Europol ermittelt. Wobei außer Deutschland auch die Benelux-Staaten offensichtlich im Fokus stehen.«

Schneider wechselte mit Blumberg einen raschen Blick. Nicht rasch genug, dass sie ihn nicht doch bemerkt hätte.

»Sagen Sie jetzt bloß nicht«, platzte es aus ihr heraus, »dass in dieser Richtung etwas läuft, was das Bergische betrifft. Dass Ihnen in Verbindung mit unseren Mordfällen etwas bekannt ist, wovon wir in Gummersbach nichts wissen.« Sie spürte, wie es anfing in ihr zu kribbeln. Hatten die beiden etwa Informationen, die sie in der Hinterhand hielten?

Beschwichtigend hob Schneider die Hand.

»Keinesfalls. Es liegen keine Erkenntnisse vor, dass die Geschehnisse im Bergischen mit organisiertem Menschenhandel oder einem Drogenkartell zu tun haben.

Bis jetzt nicht.

Jedoch der Mord heute in Köln gibt mir zu denken. Diese Fleur de Vries hatte Kontakt zu Flüchtlingen. In ihrem Landhaus in Wiehl wurde eine abartige Party gefeiert und Drogen waren ebenfalls im Spiel. Gehen wir einmal davon aus, dass sie selbst in ihren eigenen Unternehmungen sauber war, schließt das jedoch nicht aus, dass hinter der Agentur noch andere Leute stehen.

Leute, die einen florierenden Handel mit Flüchtlingen und Drogen aufgezogen haben. Leute, denen es auf einen Mord mehr oder weniger nicht ankommt, die länderübergreifend ihr schmutziges Geschäft betreiben.«

»Um nochmals auf die Orgie in dem Landhaus zu kommen«, unterbrach ihn Blumberg und blickte zu Wagenknecht hin.

»Es war doch so, das Fleur de Vries behauptet hat, sie hätte das Landhaus übers Internet vermietet. Haben die Nachforschungen der IT Leute über ihre Online-Verbindungen was Neues ergeben?«

»Leider nein.«

Bedauernd hob Wagenknecht die Schulter.

»Die Vorgänge sind, wie das oft im Internet ist, nicht immer bis zum Schluss nachvollziehbar. In diesem Fall verlor sich irgendwo im russischen Datendschungel die Spur. Bezahlt worden war auch noch nichts, das Geld sollte angeblich per Überweisung eingehen.«

»Kaum vorstellbar«, schoss es aus Blumberg heraus. »Es kann nur so sein, dass die Frau erpresst wurde. Sie wurde gezwungen, das Landhaus wem auch immer, zu überlassen. Was sie uns aufgetischt hat, war gelogen.« Er war sich sicher, sah wie vorgezeichnet die Verbindung von Fleur de Vries zu kriminellen Hintermännern.

»Niemals hätte diese Frau, die laut Oberkommissarin Bachem penibel auf Ordnung bedacht war, ihr feines Seminar Center freiwillig einem Unbekannten überlassen. Sie wurde dazu gezwungen, da bin ich mir sicher.« Entspannt lehnte er sich zurück, für ihn war plötzlich klar, wie die Zusammenhänge gestrickt waren.

»Vielleicht wurde daraufhin weiteres von ihr verlangt und sie wollte nicht mehr mitmachen«, nahm

Wagenknecht den Faden auf. Ihre Überlegungen wurden durch Marianne, die ins Zimmer kam und daran erinnerte, dass es Kaffee und Kuchen gab, unterbrochen.

»Wenn ihr nicht bald kommt, können wir gleich zu Abendessen«, schmollte sie.

»Marianne, gib uns noch zehn Minuten«, bat ihr Mann und wandte sich wieder den beiden zu.

»Aktuell sieht es also so aus: In Köln am Tatort tummeln sich die Kollegen und werden diesen Mord auch weiterbearbeiten. Es wird Überschneidungen mit unseren Ermittlungen geben, wir werden uns mit den Kollegen austauschen, damit müssen wir leben.«

Von Wagenknecht war ein leises Stöhnen zu hören, sie hatte schon vor Augen, wie sie sich mit ihrem speziellen Kollegen Keller, diesem Macho, auseinandersetzen musste.

Geflissentlich überhörte Schneider ihren Frust und kam weiter zur Sache.

»Wir werden die Sekretärin der Agentur nochmals vernehmen. Konzentriert auf den Bekannten- und Freundeskreis der Ermordeten. In diesem Umfeld vermute ich, wenn es ihn gibt, den Erpresser. Wahrscheinlich auch den Mörder. Könnte von Vorteil sein, wenn beide identisch sind.«

Er blickte Wagenknecht an.

»Sie sagten, zu der Leiterin des Seminar Centrum in Wiehl ist Heike Bachem hin. Sie sollte informiert werden, die Frau entsprechend zu befragen. Mich würde es sehr wundern, wenn wir nicht auf etwas stoßen, das in Richtung Menschen- und Drogenhandel hin weißt. Aber«, er sah die Hauptkommissarin und Blumberg unmissverständlich an.

»Wir haben es hier mit skrupellosen Mördern zu tun. Mit Mördern, denen das bekannte Friedliche des Bergischen am Allerwertesten vorbeigeht.

Haben wir uns verstanden?«

Wagenknecht war über die ungewohnte vulgäre Ausdrucksweise des sonst so auf Etikette bedachten Kriminalrats baff.

Blumberg griemelte sich einen.

28

Leberkäse mit Spiegelei

Es gab Bratkartoffeln, frisch vom Stück geschnittenen Leberkäse und darauf ein gebackenes Spiegelei. Dazu einen grünen Salat. Eines seiner Lieblingsessen. Dementsprechend langte Blumberg ordentlich zu. Die kritischen Blicke, die ihm Elsa hin und wieder zuwarf, bemerkte er nicht, zumindest tat er so. Als er sich nochmal nachlegte, hielt sie es nicht mehr aus.

»Also Carl«, sie blickte ihn vorwurfsvoll an, »meinst du nicht, dass du dich aus verschiedenen Dingen heraushalten und den jungen Leuten auch mal was zutrauen solltest? Du bist schließlich nicht mehr an der Front.«

Er hätte es sich denken können, spinkste zu Max hin, der bei der erhobenen Tonlage seiner Chefin den Schwanz einzog und einen auf taub machte.

Hund müsste man sein.

»Elsa, mach dir mal keine Gedanken«, meinte er kauend. »Ich bin doch nur beratend dabei, mit den Einsätzen habe ich nichts zu tun. Übrigens soll ich dir herzliche Grüße von Marianne und Fritz ausrichten.«

»Ach, da warst du auch? Wo du dich überall herumtreibst. Hättest mich ja mitnehmen können, etwas Abwechslung hätte mir auch gutgetan. Und Marianne hatte bestimmt wieder so einen leckeren Kuchen, den sie dir aufgetischt hat.«

»Uns aufgetischt hat, Elsa.

Uns!

Ich war nämlich nicht alleine da, und es hatte sich auch nur deshalb ergeben, weil Fritz gebeten hatte, dass ich mitkommen sollte. Ich war vorher mit der Hauptkommissarin bei einer Recherche in Köln. Sie meinte, ich würde mich da ja besser auskennen als sie.«

Den Mord an der Agenturchefin erwähnte er lieber nicht, sonst würde Elsa die nächsten Nächte nicht schlafen.

»Na ja, wenn du ihr helfen konntest, ist es ja in Ordnung«, meinte sie beschwichtigt. »Die Ärmste hat mit ihrem Hendrik ja wirklich genug Sorgen, hat sie eigentlich etwas gesagt, wie es ihm geht?«

»Anscheinend gut, er hat sogar mit ihr seinen Fünfundvierzigsten gefeiert. Im kleinen Rahmen. Genauer gesagt mit ihr alleine, zu Hause.«

»Ach, da bin ich aber froh, man macht sich ja doch Sorgen.«

Froh war auch Blumberg, dass sie das Thema gewechselt hatten. Schnell schob er die Frage nach, ob sie denn bald wieder eine Open Air-Malerei veranstalten würde.

Erstaunt blickte sie ihn an.

»Ja, hast du das denn vergessen? Wir sind doch morgen alle bei der Hilde Dickes zum Malen eingeladen.«

Er konnte sich zwar nicht daran erinnern, dass sie ihm davon erzählt hatte, meinte aber, dass er das doch glatt vergessen hätte.

»Und«, fragend blickte er sie an, »gehst du gerne

hin? Du hattest mit ihr doch schon mal Probleme.«

Sie winkte sie ab.

»Ach, das war damals, als sie und Heinz die Nasen so hochgetragen haben. Aber seit sie diesen Ärger wegen dem Verkauf ihrer Kunstschätze hatten, ist sie ganz vernünftig. Und mit großer Künstlerin ist auch nichts mehr. Sie hat versucht, einige Bilder von sich zu verkaufen und ist dabei wohl ordentlich auf die Nase gefallen. Genaueres sagt sie natürlich nicht, aber man kann dran fühlen. Davon abgesehen gehe ich ja schon alleine wegen den anderen hin, ich will doch das nette Verhältnis, das wir haben, nicht stören.«

»Das heißt, du bist dann morgen den ganzen Tag nicht da?«

»Ist das schlimm? Du bist doch sonst immer froh, wenn du sturmfreie Bude hast«, grinste sie.

»Nein, alles okay. Ich kümmere mich dann um Max.«

Elsa schielte ihn von der Seite her an und dachte daran, was sie schon alles erlebt hatte, wenn er sich um Max kümmern wollte.

Max!

Das Zauberwort für ihr Familienmitglied. Wenn Max bis jetzt ruhig unter dem Tisch gelegen und mit Verachtung den Duft von Bratkartoffeln und Leberkäse weggesteckt hatte, wurde er nun sichtlich unruhig. Er sah seine Chefs an, sprintete zur Haustür, dann wieder zurück, und als er sah, dass sie wie betoniert auf ihren Stühlen sitzenblieben, grunzte er beleidigt und legte sich quer vor die Haustür.

Ein richtiges Hundeleben schoss es ihm durch den

Kopf und träumte dann von seiner heimlichen Geliebten. Von Gerti, der strammen Münsterländerin von nebenan.

Am Morgen, als Elsa bepackt mit Leinwände, Farben und Malhocker das Haus verlassen hatte, checkte Blumberg kurz, was er sich mittags zu essen machen könnte. Für großen Aufwand hatte er keine Lust, es musste etwas Herzhaftes sein, das schnell gemacht war. Er sah im Kühlschrank nach und entdeckte frische Matjesfilet. Die eingelegt, wäre genau das Richtige. Ein großer Becher Naturjoghurt war auch noch da und in der Gemüseschale lagen einige Zwiebeln. Jetzt fehlten noch Kartoffeln, überlegte er, dann war alles da. Die konnte er besorgen, wenn er mit Max die Runde drehte.

Sicherheitshalber suchte er sich das Rezept von Tante Frieda heraus und prüfte, ob er nichts vergessen hatte. Er hatte an alles gedacht, jedoch musste er etwas vorbereiten.

Aus dem Schrank nahm er den Heringstopf und staunte mal wieder, dass seine Tante für jedes Gericht dass passende Geschirr hatte.

Eingelegte Matjes mit Pellkartoffeln

Er spülte unter kaltem Wasser die Matjes ab, trocknete sie gut und legte sie in den Heringstopf. Dann schälte er eine große Zwiebel, schnitt sie in schöne, runde Ringe und legte diese über den Fisch. Im Gemüsefach fand er frisches Dill, das er zerpflückte und darüberlegte.

Am Schluss gab er den Naturjoghurt über das ganze und stellte den Heringstopf zugedeckt in den Kühlschrank.

Wenn es ganz richtig gewesen wäre, hätte er die Matjes am Abend zuvor in Buttermilch legen müssen. Aber so ging es auch. Er freute sich sogar über den nun etwas herzhafteren Geschmack.

»So Max, nun holen wir noch Kartoffeln und dann werden wir beide mal wieder so richtig schön schwelgen«, sagte er, nahm einen Einkaufsbeutel und Max an die Leine.

Zufrieden hatte Max dem nichts entgegenzusetzen, hoffte nur, dass sein Meister den Spaziergang durch die Wiesen nahm. Sein morgendliches Jogging Training stand an und er konnte es nicht ab, wenn das geschludert wurde.

29

Mails

Sie saßen zusammen und checkten die Adressen der Mails, die Fleur de Vries auf ihrem Laptop hatte. Eine Arbeit, die nicht gerade spannend war.

»Mit einem Stick hätte ich einiges mehr herunterziehen können«, meinte Wagenknecht. »Aber so ist es besser, sonst wäre ich den Kollegen in die Quere gekommen und das hätte kein gutes Bild gemacht. Nachher hätte ich mir noch sagen lassen müssen, dass ich wie ein Anfänger gehandelt habe. Und das vielleicht noch von diesem Blödmann Keller.«

»Mit dem hast du es aber auch gar nicht«, grinste Heike Bachem. »Aber ich kann mir ja den gesamten Mailverkehr der Agentur von Köln schicken lassen.«

»Erst mal nicht nötig.«

Wagenknecht zeigte auf zwei Namen, die immer wieder auftauchten: Frederick von Arnstätten und Will Zapek.

»Mit diesen beiden muss Fleur de Vries einen engeren Kontakt gehabt haben. In erster Linie mit diesem von Arnstätten. Alle anderen Mails sehen mir nach temporären Nachrichten aus, wahrscheinlich in Verbindung mit den Frauen, die vermittelt wurden.«

»Merkwürdig«, brummelte Heike Bachem.

»Jetzt, wo du das sagst, fällt mir etwas auf. Es fehlen die Daten der Agentur-Kunden. Bei Buchung der

Frauen müssen diese doch mit Fleur de Vries in Kontakt gestanden haben. Darüber muss es einen Schriftverkehr geben.«

Nachdenklich nickte Wagenknecht.

»Stimmt.

Da müssen wir nachhaken.

Sofort.«

Sie wählte die Nummer der Kölner Agentur und hatte direkt Lisa Mulder, die Sekretärin, an der Strippe. Sie hörte sich nach Weltuntergang an. Konnte Wagenknecht gut nachvollziehen, die Frau hatte nicht nur einen Menschen verloren, den sie viele Jahre kannte und der ihr sicherlich nahe gestanden hatte, ihren Job war sie eventuell auch los. Sie erklärte ihr, um was es ging und hörte geduldig zu, als Lisa Mulder berichtete, in welchem Verhältnis die beiden Männer zu Fleur de Vries gestanden hatten und wie das mit den Kundenbuchungen vonstattenging.

»Ach ja«, meinte die Sekretärin abschließend, »Frederick von Arnstätten hat angeboten, sich um die Beerdigung und alles, was damit zusammenhängt, zu kümmern. Die Kosten würde er übernehmen. Angehörige hatte Fleur ja nicht. Ich glaube, er ist über ihren Tod tief erschüttert.«

»Wie hat sich eigentlich dieser Will Zapek verhalten?«, hakte Wagenknecht nach.

»Nun ja, dieser Dreckskerl, entschuldigen Sie den Ausdruck, hat mir zu verstehen gegeben, dass er ab sofort die Geschäftsführung übernehmen würde. Ich müsste alles mit ihm abstimmen.«

»Wieso denn das?«, fragte Wagenknecht überrascht.

»Er ist an der Agentur beteiligt, sozusagen als stiller Teilhaber. Wie dies alles auseinanderklamüsert wird, muss wohl letztendlich ein Rechtsanwalt entscheiden. Möglicherweise gibt es ja ein Testament, das bei einem Notar hinterlegt ist. Frederick von Arnstätten wollte sich auch darum kümmern.

Doch wie gesagt, hier in der Agentur hängt mir jetzt Zapek im Nacken. Ein widerlicher Mensch. Wie Fleur mit dem in Verbindung stehen konnte, ist mir schleierhaft. Allerdings schienen sie in letzter Zeit sehr zerstritten gewesen zu sein. Genaueres weiß ich nicht.«

Wagenknecht bat sie, sich zu melden, wenn sich etwas in Verbindung mit dem Mord ergeben sollte, beendete das Gespräch und sah Heike Bachem mit gerunzelter Stirn an.

»So wie es aussieht, gab es einen guten und einen weniger guten Mann in Fleur de Vries Leben. Wir müssen beide überprüfen. Aber ich muss zuerst nach Wiehl. Hendrik bekommt eine dicke Spritze und da möchte ich nicht, dass er selbst fährt. Grabe du in der Zeit aus, was es über Arnstätten und Zapek gibt.«

Mit einem Beutel junger Kartoffeln in der Tüte verließ Blumberg gerade den Bioladen, als sein Handy sich meldete. Sicher Elsa, dachte er, sie hat bestimmt was vergessen. Das Display sagte ihm etwas anderes.

»Wagenknecht, störe ich?«

»Sie stören nie«, antwortete er und bemerkte augenblicklich, wie sich sein Magen verkrampfte. Hoffentlich nicht wieder eine negative Nachricht, hoffte er.

»Haben Sie heute Nachmittag schon was vor? Wenn nicht, könnten Sie um fünfzehn Uhr an einer Besprechung in der Dienststelle teilnehmen? Es wäre mir sehr lieb, wenn ich Sie dabei hätte.«

Blumberg überschlug kurz die Zeit, die er für das Mittagessen brauchte, und sagte zu.

»Wunderbar, dann bis nachher.«

Eigentlich hatte er vorgehabt, Pellkartoffeln zu machen, unter dem Zeitdruck entschloss er sich für gewöhnliche Salzkartoffeln. Das Pellen hätte ihn zu lange aufgehalten und so richtige Ruhe dafür hatte er auch nicht. Er musste an die ermordete Agenturchefin denken, ahnte, dass sich was bewegte.

Max bewegte sich auch.

Zielstrebig.

Zwischen Fressnapf und Vorratskammer, wo die leckeren Sachen für sein Menü standen. Blumberg fragte sich, ob er logistisch genau verfolgte, dass es in seinem Vorratslager korrekt zuging, ob ihm nichts gemopst wurde.

Mit Genugtuung nahm Max zur Kenntnis, dass ihm zuerst serviert wurde. Stand ihm auch zu, schließlich hatte er ein „von" in seinem Stammbaum stehen.

30

Kommissariat

Als alle im Besprechungsraum eingetrudelt waren, gab Wagenknecht einen kurzen Überblick über die vorliegenden Fakten. Danach bat sie Heike Bachem zu berichten, was sie über Frederick von Arnstätten und Will Zapek herausgefunden hatte.

»Mit Will Zapek könnten wir einen Treffer gelandet haben«, fing Heike Bachem an.

»Der Mann hat zwei exklusive Bars in Kalk. Also nicht weit vom Messegelände entfernt. Von dort kommt auch seine Kundschaft. Messebesucher, die etwas erleben wollen. Nach vorne hin läuft alles ordentlich ab. Table Dance, mehr an Erotik wird nicht geboten. Dass aber was im Hintergrund läuft, ist so gut wie sicher, nur konnte Zapek nie etwas nachgewiesen werden. Seine Damen machen einen auf die private Schiene und gegen das Betäubungsmittelgesetz hat er nicht verstoßen. Also, er ist noch nicht dabei ertappt worden.«

Sie blickte zu Blumberg hin.

»Ich habe unseren Kollegen Steingass kontaktiert, er kennt sich im Milieu ja bestens aus.«

»Und, hat Heinz den Mann im Visier?«, fragte Blumberg und ärgerte sich, dass er auf die Idee, Steingass anzusprechen, nicht selbst gekommen ist. Schließlich ist die Sitte das Kommissariat von

Steingass.

»Ja, er hat ihn schon längere Zeit im Visier und wusste auch um die Verbindung von Will Zapek zu Fleur de Vries. Es soll am Anfang sogar eine engere Beziehung gewesen sein, doch dann ist Zapek abgerutscht. Erst Frauen, dann kamen Drogen hinzu, Alkohol, die ganze Palette.«

»Frauen, Drogen, denkt an die wilde Partie in Wiehl«, warf Wolfsbach ein.

»Genau.«

Wagenknecht klopfte auf die Tischplatte.

»Es wäre doch denkbar, dass Zapek hinter der Geschichte steckt. Dass er Fleur de Vries gezwungen hat, das Landhaus an wen auch immer zu vermieten.«

Heike Bachem war skeptisch.

»Dann hätte er etwas gegen sie in der Hand haben müssen. Seine finanzielle Beteiligung an der Agentur kann nicht der Grund für eine Erpressung gewesen sein.« Sie drehte sich zum Flipchart um und schrieb darauf die Namen Freddy Kohl und Elias Vinzenz. Dahinter machte sie ein dickes Kreuz.

»Die dürfen wir nicht vergessen!

Wir wissen, das Wafa Alaya von Freddy Kohl vergewaltigt und ermordet wurde, wissen aber nicht, warum und von wem Kohl und Vinzenz danach umgebracht wurden.«

Aufgewühlt schrieb sie noch den Namen Will Zapek auf die Tafel.

»Ich glaube, dass er dahinter steckt, dass er die beiden hat umbringen lassen und Fleur de Vries erpresst hat.«

»Aber sie hatte doch mit den Morden nicht direkt etwas zu tun«, gab Wagenknecht zu bedenken.

»Der Schock Kareen, der Schock über die Ermordung einer ihrer Mädels könnte die Denke der Frau getrübt haben.«

»Und, wer hat dann sie gekillt?«, warf Schlösser ein.

»Rasiermesser«, entfuhr es Blumberg.

Unruhig rutschte er auf seinem Stuhl hin und her. Das lange Sitzen war für ihn nichts mehr.

»Nach wie vor eine beliebte Waffe für den schnellen, lautlosen Mord«, erklärte er. »Kann man unauffällig in der Hosentasche tragen, fällt keinem auf.«

»Mein Gott noch, jetzt wird es mir aber echt anders«, stöhnte Heike Bachem.

»Worauf wollen Sie hinaus?«, sagte Wagenknecht.

»In der Summe passt alles in das Milieu, in dem Zapek sich bewegt. Ich glaube, dass er Kohl und Vinzenz kannte, dass sie in seinen Bars verkehrt und Geschäfte mit ihm gemacht haben. Neben ihrem Job als Bodyguard versteht sich. Ich denke da an Drogen. Dann ist nach dem Mord an Wafa Alaya irgendetwas geschehen, das für die beiden das Todesurteil bedeutete. Und hier kann ich mir derzeit nur vorstellen, dass Zapek seine Hand im Spiel hatte. Anschließend ging er auf die Chefin der Agentur los. Ein Rasiermesser als Mordwaffe passt genau zu diesen Typen.«

»Okay.«

Wagenknecht übernahm die Moderation.

»Wir werden uns Zapek vornehmen, müssen sein

Alibi überprüfen.«

Sie zeigte auf Schlösser und Strassfeld und schmunzelte.

»Diesen Job müssen unsere coolen Männer übernehmen. Aber bleibt nicht bei den Damen, die in den Bars herumschwirren, hängen.«

Schlösser knurrte sich was in den Bart, Henny Strassfeld strahlte.

»Kommen wir jetzt zu diesem Frederick von Arnstätten«, fuhr Wagenknecht fort. »Laut Mulder, der Sekretärin in der Agentur, waren Arnstätten und Fleur de Vries eng befreundet. Mehr aber auch nicht. Arnstätten ist verheiratet und führt eine glückliche Ehe, heißt es. Er ist es auch, der die stinkreichen Kunden der Agentur verschaffte. Als Verwaltungschef der KölnMesse steht er mit solchen Leuten in ständigem Kontakt. Laut Lisa Mulder wird alles ordentlich und korrekt abgewickelt. Von Anfang an wird den Kunden klargemacht, dass mit den Frauen, die sie buchen, kein Sex ins Spiel kommt. Frederick von Arnstätten legt da wohl selbst größten Wert drauf. Bei ihm muss immer alles sauber sein, meinte Mulder.

Die Gagen der Frauen fließen im Voraus auf das Konto der Agentur. Mit Rechnungsstellung und transparent für das Finanzamt. Der Messechef bekommt für seine Vermittlung weder eine Provision noch sonst eine Zuwendung.

Doch wie gesagt, das ist die Darstellung der Sekretärin.«

»Kann man fast gar nicht glauben, der Mann muss ja ein Heiliger sein. Denkt mal an die Summen, die da jährlich über den Tisch gehen«, meinte Henny Strassfeld. »Vielleicht gingen die Agenturchefin und er doch ins Bett.«

»Muss ja nicht alles wie bei dir über die Bettkante geregelt werden«, meinte Heike Bachem bissig.

»Klar, große Freundschaft und so. Wer's glaubt«, konterte Strassfeld.

»Spekulieren bringt uns nichts, auch Frederick von Arnstätten müssen wir uns ansehen«, stellte Wagenknecht klar. Nachdenklich blickte sie auf ihre Uhr und sah zu Alina Ysum hin.

»Alina, versuch doch für heute noch einen Termin mit Arnstätten zu vereinbaren. Ich könnte auch zu ihm nach Hause kommen, wenn ihm das lieber wäre. Heike und Wolfsbach, ihr fahrt mit.

Dann habe ich noch was Spezielles.

Wir brauchen Hintergrundinformationen über die Geschäfte von Will Zapek. Über die Geschäfte, die nicht in der Einkommenserklärung stehen. Wir müssen wissen, was in den Hinterzimmern der Bars läuft. Ob Zapek Objekte hat, die auf einen anderen Namen laufen. Dinge, die er uns freiwillig nicht sagen wird.

Aber«, vergnügt blinzelte sie zu Blumberg hin.

»Ich wette, dass Ihr Freund Steingass da einiges drüber wissen wird. Und ich könnte mir vorstellen, dass in einer Herrenrunde, so ganz entspannt bei einem Bierchen, das doch ein interessantes Thema sein könnte.

Sie haben nicht zufällig vor, sich mit ihrem Freund zu treffen?«

31

Bensberg-Refrath

Wohltuend entspannt genoss sie die Fahrt. Wenn auch Bensberg-Refrath, wo Frederick von Arnstätten wohnte, nicht weit entfernt war, würde es doch später werden, bis sie zu Hause war. Sie hatte kurz mit Hendrik gesprochen und er hatte gemeint, er könnte ja ein kleines Abendessen vorbereiten. Ein spontaner Einfall von ihm, ohne dass er groß überlegt hatte.

Wie in alten Zeiten.

Es tat richtig gut, hoffentlich blieb das so.

»Kareen, wir müssen vorne abfahren«, unterbrach Heike Bachem sie in ihren Gedanken.

»Links, Richtung Refrath.«

Als sie Refrath hörte, fiel Wagenknecht der Kunsthändler Mansfeld ein, der in dem Skandal mit der Raubkunst verwickelt gewesen war.

»Könnt ihr euch an Mansfeld erinnern?«, fragte sie in Richtung Bachem und Wolfsbach.

»Klar.« Wolfsbach klang direkt begeistert.

»Besonders an sein Arbeitszimmer, in dem ja wohl Hightech vom Feinsten war. An die Mona Lisa, einfach irre.«

Es blieb eine Weile still, sie bewunderten die Anwesen, an denen sie vorbeifuhren. Belustigt bemerkte Wagenknecht, wie Heike Bachem und Wolfsbach Blicke austauschten.

Blicke, die für sich sprachen. Hoffentlich klappt es zwischen den beiden, wünschte sie. Ihre Oberkommissarin musste in Sache Männer endlich mal zur Ruhe kommen.

»Nächste rechts, dann sind wir da«, dirigierte Heike Bachem.

»Wow, wieder so ein armer Mann«, meinte sie dann.

Sie parkten in der breiten Einfahrt vor der Doppelgarage und betrachteten die ältere Villa in dem großen Parkgrundstück.

»Steht dem Anwesen von Dr. Schneider in nichts nach«, bemerkte Wagenknecht lakonisch.

»Na, dann wollen wir mal.«

Kaum hatten sie die Rufanlage betätigt, als mit einem dezenten Summen das eiserne Tor aufging und sie zum Haus hoch marschierten. An der Haustür empfing sie der Hausherr persönlich.

Wie alte Bekannte strahlte er sie an und bat sie herein. Wagenknecht musste zugeben, dass der etwa fünfzigjährige Mann einnehmend gut aussah.

Zielstrebig führte er sie in den großen Wohnraum und bot ihnen Getränke an.

»Wenn möglich ein Wasser«, baten sie und Frederick von Arnstätten drückte auf einen eingelassenen Kontakt in der Tischplatte. Die Frau, die hereinkam, hätte auf jeden exklusiven Laufsteg der Welt gepasst. Hoch gewachsen, mit einer traumhaften Figur, blickte sie die Besucher mit klaren, intelligenten Augen freundlich an.

»Meine Frau Sarah«, stellte Arnstätten sie vor. »Wir hüten das Haus, unser Hausmädchen hat heute seinen freien Tag«, meinte er schmunzelnd.

»Sarah, wenn du für unsere Besucher ein Wasser hättest?« bat er.

Als Überbrückung bis seine Frau wiederkam, informierte er sie über seinen Job bei der Messe. Multinational aufgestellt war er verantwortlich für die ganzjährige Auslastung mit internationalen Ausstellungen.

»Wir haben zwar unsere Stamm-Messen«, erklärte er, »aber es gibt auch bei uns einen ständigen Konkurrenzkampf. Die großen Messestädte wie Hannover, Düsseldorf oder München spekulieren permanent, ob sie uns nicht die eine oder andere Ausstellung abluchsen können. Andersherum natürlich auch«, gab er lachend zu.

»Leider ist es jedoch so, dass der Trend eindeutig zu den fachspezifischen Kongressen hingeht. An denen wirklich nur die Fachleute teilnehmen. Die Zeiten, wo große Aussteller per Bus Publikum zu ihren Messeständen karrten und die Arbeitgeber Sonderurlaub für den Messebesuch gaben, sind vorbei. Das Budget für Messen ist geschrumpft, beziehungsweise wird anderweitig verplant.«

Als seine Frau mit den Getränken kam, half er ihr sie zu verteilen und blickte dann konzentriert seine Besucher an.

»Sie sind wegen Fleur de Vries hier, wie kann ich Ihnen helfen?«

Wagenknecht sah ihn an und glaubte einen Schatten zu bemerken, der sich über sein Gesicht legte.

»Sie kannten sie gut?«, fragte sie.

»Ja. Fleur und ich kannten uns seit unserer Studienzeit in Köln.« Er warf einen Blick auf seine Frau, die scheinbar neutral das Gespräch verfolgte.

»Aber wir haben nie etwas miteinander gehabt, wenn sie in diese Richtung denken sollten. Wir kommen beide aus bescheidenen Verhältnissen und haben uns geholfen, wenn es einen von uns mal dicke getroffen hatte.

So etwas verbindet.

Auf anständige Weise, wohlgemerkt.«

»Sie haben ihr zahlungskräftige Kunden für ihre Agentur besorgt«, bohrte Wagenknecht.

»Ohne Gegenleistung?«

»Genau!

Nicht nur Fleur habe ich damit geholfen, sondern auch den Messekunden. Kultivierten Herren, die für ihre gesellschaftlichen Verpflichtungen Damen als Begleitung suchten. Damen mit Kultur, Charme und natürlich mit dem entsprechenden Aussehen. Es kam kein Sex ins Spiel, das war Bedingung. So ein Service war natürlich eine tolle Werbung für unsere Messeorganisation.«

»Fleur war auch meine Freundin«, ließ sich Sarah von Arnstätten vernehmen. »Wir sind oft zusammen shoppen gegangen, waren kulturell unterwegs, da mein Mann für so etwas ja kaum Zeit hat.«

Wagenknecht glaubte so etwas wie Vorwurf herauszuhören, ließ sich aber nichts anmerken.

»Wann haben Sie Fleur de Vries das letzte Mal gesehen, fragte sie Frederik von Arnstatten.«

»Als Ihre Leute die Agentur auf den Kopf gestellt

190

haben«, antwortete er in einem vorwurfsvollen Tonfall. »Ich habe Fleur geholfen, sich dagegen zu wehren. Es war ja nicht zu fassen, auf welch unmögliche Weise alles durchstöbert wurde. Ehrlich gesagt ärgere ich mich heute noch darüber. Wenn Fleur mich nicht zurückgehalten hätte, wäre eine saftige Beschwerde auf Sie zugekommen. Aber sie wollte nicht noch mehr Ärger, durch den Mord an einer ihrer Damen war sie so schon stark angeschlagen.«

Emotional werden kann er also auch, fuhr es Wagenknecht durch den Kopf. Mal sehen, wieweit er mitgeht. Sie nahm ihr Handy und scrollte auf die Seite, wo sie in Kurzform Ermittlungsergebnisse notierte. Eine gute Grundlage für die späteren Berichte. Bei dem Zeitraum, in dem de Vries ermordet wurde, blieb sie hängen. Nachdenklich las sie vor und blickte das Ehepaar von Arnstätten an.

»Wo waren Sie beide zu dieser Zeit?

Ich muss Sie das fragen.«

Frederick von Arnstätten lief im Gesicht rot an und sie befürchtete er würde explodieren. Beruhigend legte seine Frau ihre Hand auf seinen Arm und sah ihn kopfschüttelnd an.

»Wir waren beide hier. Leider ohne Hausmädchen. Mehr können wir Ihnen nicht bieten«, sagte sie in ruhigem Ton.

»Glauben Sie etwa im Ernst«, setzte ihr Mann an, als er den Blick seiner Frau auffing. »Ja, ist doch Schwachsinn, so etwas auch nur zu denken«, gab er dann doch noch von sich. Könnte es sein, dass er unter den Pantoffeln seiner Frau steht, kam es Heike

Bachem in den Sinn.

»Wir haben erfahren, dass ein Will Zapek die Geschäftsführung der Agentur übernommen hat«, sagte Wagenknecht. »Anscheinend steckt sein Geld in der Firma.« Aufmerksam beobachtete sie die Reaktion des Ehepaares. Glaubte für einen kurzen Moment ein Aufblitzen von Wut in den Augen des Hausherrn zu sehen.

»Kennen Sie den Mann?«

An den Mienen der beiden bemerkte Wagenknecht, dass sie nicht gerade Freunde von Zapek waren. Frederick von Arnstätten runzelte die Stirn und blickte sie an.

»Ja, leider. Wir kennen Zapek von der Zeit her, als Fleur mit ihm enger bekannt war. Etwas, dass ich nie verstanden habe. Ein unsympathischer Mensch, ohne Moral, primitiv.«

»Werden Sie unter diesen Umständen ihren Messekunden weiterhin die Agentur empfehlen?«, meldete sich Wolfsbach zu Wort.

Das »nein« klang wie ein Peitschenschlag.

»Zapek werde ich nicht unterstützen. Das Landhaus wird geschlossen. Lisa Mulder und Eline Hendriks, beide sehr korrekte und fähige Damen, werde ich Jobs in der KölnMesse anbieten. Ich kann es nicht verantworten, dass diese Damen von Zapek abhängig sind. Es wäre auch nicht im Sinne von Fleur«, meinte er sichtlich ergriffen.

»Sehr nobel, die Damen werden Ihnen sehr dankbar sein«, äußerte sich Wagenknecht. Doch eine Sache wollte sie noch loswerden, vielleicht gab es ja einen

Treffer. »Ist Ihnen bekannt, dass Zapek in Köln zwei Bars betreibt?«, fragte sie und war überrascht, als sie die harten Linien registrierte, die sich plötzlich im Gesicht der Ehefrau abzeichneten.

»Bekannt ja, aber ich kenne sie nicht«, sagte Frederik von Arnstätten für Wagenknecht etwas zu laut, zu hektisch. Doch sie wollte nicht nachhaken, sie konnte jederzeit auf ihn zurückgreifen. Wollte auch erst abwarten, was Schlösser und Strassfeld über die Bars herausgefunden hatten. Sie trank ihr Wasser aus, stand auf und legte ihre Karte auf den Tisch.

»Für den Fall, dass Ihnen noch etwas einfallen sollte«, meinte sie. Sie verabschiedeten sich und waren schon an der Haustür, als Wagenknecht sich nochmals umdrehte und Frederik von Arnstätten fragte, wann er das letzte Mal Zapek gesehen hätte. Überrascht blickte er sie an und meinte, das wäre schon eine Ewigkeit her. »Bei einem Essen mit ihm und Fleur, kann aber auch auf einen Absacker gewesen sein, so genau weiß ich das nicht mehr.«

32

Will Zapek

»Na super, der totale Reinfall.« Henny Strassfeld hörte sich sauer an. »Überhaupt kein Niveau mehr, wo man auch hinsieht.«

Kritisch hörte Wagenknecht ihm zu, blickte zu Schlösser hin, der abwinkte.

»Henny ist sauer, weil sie ihn abserviert haben.« Auf ihren fragenden Blick hin erklärte er, das Strassfeld in den Bars von Zapek versucht hatte den Damen etwas näherzukommen.

»Aber das war dann wohl nichts«, grinste er. »Hinter den Kleiderschränken, die ihn verscheucht haben, hätte er sich verstecken können.«

»Ich wollte ja gar nicht«, maulte Strassfeld, »das waren doch alles Schreckschrauben.«

»Schluss jetzt.«

Wagenknecht hoffte auf etwas, dass sie weiter bringen würde.

»Habt ihr Will Zapek getroffen?«

Den enttäuschten Mienen der beiden sah sie an, dass es mal wieder anders war.

»Zapek hat sich unsichtbar gemacht«, informierte Schlösser. »In keiner der Bars konnte man uns sagen, wo wir ihn erreichen könnten. Von einem Barkeeper, der nicht gerade sein Freund zu sein scheint, wissen wir, dass Zapek eigentlich abends immer da ist. Er soll seinen Leuten gegenüber sehr misstrauisch sein. Steht auf Kontrolle.«

Frust baute sich in Wagenknecht auf.

»Heißt, wir greifen schon wieder ins Leere. Jedoch passt es mit dem überein, was die Sekretärin mir am Telefon gesagt hat. Lisa Mulder war ganz verwundert, dass sich Zapek heute nicht hat blicken lassen. Sonst würde er den ganzen Tag in der Agentur rumhängen, wäre hinter den Frauen her und macht einen auf dicken Maxe. Spät nachmittags verschwindet er dann regelmäßig. Jetzt wissen wir auch wohin. Hoffentlich hat er sich nicht abgesetzt.«

»Vielleicht liegt er ja bekifft in einer Ecke«, warf Strassfeld ein.

»Was ist mit seiner Wohnung?«

Das Kopfschütteln von Martin Schlösser sagte alles.

»Wir waren da, seine Wohnung liegt über der Bar in der Kalker Hauptstraße. Ich glaube, das ganze Haus gehört Zapek. Wir haben mehrfach geklingelt und an die Wohnungstür gehämmert.

Nichts.«

»Aber vom Feinsten eingerichtet die Hütte«, äußerte sich Strassfeld grinsend.

»Wie, was?«

Wagenknecht wollte nicht glauben, was sie hörte.

»Ihr seid in der Wohnung gewesen?«

Streng blickte sie ihren Stellvertreter an.

»Martin?«

»War ja keiner in der Nähe und wir mussten doch wissen, was los ist. War auch kein Problem die Tür zu öffnen. Wird keiner bemerken.«

Widerrechtlich in die Wohnung eingedrungen, das war stark. Wagenknecht wollte den beiden gerade den Marsch blasen, als ihr Handy sich meldete.

»Blumberg. Ich hatte eine nette Unterhaltung mit Steingass.

Es gibt Neuigkeiten.

Spannende Sachen.

Wir bekommen zu tun.«

Wagenknecht stellte auf Lautsprecher.

»Will Zapek steht in dem Verdacht, in seinen Bars Drogen zu verhökern. Er selbst hängt auch an der Nadel. Weiterhin hat er Prostituierte am Laufen. Es soll ein exklusives Bordell geben, so etwas ganz Feines, nur für bestimmte Kunden. Da müssen so richtig abartige Sachen abgehen. Denken wir an die Orgie im Landhaus der Agentur.«

»Und wo soll dieses Establishment sein?«

Wagenknecht bekam Krämpfe.

»In unserem so stillen Bergischen«, knurrte Blumberg. »Vermutlich in der Nähe einer Ausfahrt der A4 zwischen Engelskirchen und Wiehl.«

Geschockt drückte Wagenknecht versehentlich auf die rote Taste.

Unbarmherzig meldete sich das Handy erneut. »Da gibt es noch etwas«, ließ sich Blumberg vernehmen.

Ihr reichte es, sie wollte nicht hören, was es noch alles gab.

»Was?«, hauchte sie.

»Zapek ist eine Galionsfigur. Hinter ihm stehen andere. Vermutlich ein Kartell, das Menschenhandel und Drogen im großen Stil durchzieht. Deutschland,

Benelux. Sie erinnern sich?«

»Wie kommt Steingass an diese Informationen?«, wollte sie wissen.

»Eine Frau, die für Zapek gearbeitet hat und mit der er eine nähere Beziehung hatte, wollte aussteigen. Sie hat sich abgesetzt, wurde jedoch wieder eingefangen. Vollgepumpt mit Drogen wurde sie später in einem Kölner Hinterhof gefunden. Sie muss die Natur eines Bären gehabt haben, vielleicht, weil sie aus Russland stammte. Jedenfalls konnte sie die Informationen noch loswerden. Leider hat sie es dann doch nicht geschafft. Aber seitdem sind die Kölner Kollegen verdeckt hinter Zapek her. Über ihn wollen sie an die Hintermänner kommen.«

»Ich glaube, ich brauche einen bergischen Klaren«, gab Wagenknecht von sich. »In einer halben Stunde bin ich mit der Truppe bei Ihnen.

Wäre das okay?«

»Immer!«

33

Die Suche

Als sie bei Blumbergs eintrafen, hatte Elsa reichlich Schnittchen gemacht, Saft und Wasser standen auf dem Tisch. Kaffee gab es keinen, Elsa vertrat die Ansicht, dass sie so schon alle aufgedreht genug seien.

Blumberg hatte eine Karte ausgebreitet und fuhr mit dem Finger entlang der Autobahn A4 von Köln bis ins Oberbergische.

»Ich teile die Meinung der Kollegen, dass wir im Umfeld von Köln nicht suchen müssen«, äußerte er sich. »Von daher kommen die Abfahrten Bensberg bis Overath nicht in Betracht.« Er bemerkte die fragenden Blicke und erklärte, in diesen Gebieten wäre sehr viel Betrieb. Da bliebe nichts unbemerkt. »Auch die Polizeipräsenz ist dort sehr stark. Wir müssen uns auf Ausfahrten konzentrieren, wo es weniger Öffentlichkeit gibt.«

»Engelskirchen?«, meinte Heike Bachem.

»Glaube ich eher nicht, um von der Abfahrt an ruhigere Orte zu kommen, muss man viel rumkurven.

Denkt an den Winter.«

»Dieringhausen.«

Mit dem Finger tippte Wolfsbach auf den Ort.

»Da fahre ich oft durch, also auf der B55. Eine breite Straße, mit mäßigem Verkehr. Dabei habe ich immer das Gefühl, als wenn ich alleine unterwegs wäre. Und die Häuser machen den Eindruck, als ob dort keiner wohnen würde. Von der Ausfahrt Wiehl ist es nur wenige Minuten entfernt. Selbst bei schlechtem Wetter.«

»Könnte passen«, stimmte Wagenknecht zu.

Schlösser zog bedenklich die Stirn in Falten.

»Es scheint sich alles auf Wiehl und Umgebung zu konzentrieren. Kareen, du wohnst doch in Wiehl, hängst du vielleicht in dem ganzen Schlamassel mit drin?«

»Klaro!«

Wagenknecht biss herzhaft in ein Schnittchen. »Ich bin der große Boss, der hinter dem ganzen Wahnsinn steckt.«

Mit dem Finger zog sie auf der Karte einen Kreis, trank einen Schluck Wasser und meinte, man sollte das Gebiet aufteilen.

»Je zwei von uns klappern ein Gebiet ab. Entlang der B55. Wir können zwar nicht erwarten, dass äußerlich das Bordell zu erkennen ist, aber vielleicht fällt uns ja was auf, das wir näher unter die Lupe nehmen können. Ist auf jeden Fall besser, als hier herumzusitzen und zu spekulieren. Irgendwo werden wir diesen Zapek schon aufstöbern.«

Klappern die Gegend ab, hatte Wagenknecht gemeint. Nun, Blumberg klapperte gerne und Max würde es auch mal wieder gut tun, bewegt zu werden. Elsa war zwar nicht gerade begeistert, dass er sich an der Suche beteiligte, aber er musste helfen. Möglicherweise fiel ihm ja was auf.

Gemächlich fuhr er auf der B55 in Richtung Weiershagen, betrachtete die Häuser, die infrage kamen, konnte jedoch nichts Auffälliges bemerken. In einem hatte Wolfsbach Recht, die Anwesen wirkten zum Teil wie ausgestorben. Selten sah er mal jemanden, noch nicht mal in den Vorgärten. Vor einem zweigeschossigen Anwesen parkte er am Straßenrand und betrachtete die Vorderfront. Hohe, mit dicken Stores zugezogene Fenster, alle geschlossen, kein Briefkasten am Haus. Rufanlage mit Video Überwachung und die Auffahrt führte bis hinters Haus. Das könnte es sein, ging es ihm durch den Kopf, ahnte aber im gleichen Augenblick, dass es nicht so war. Und die Oma, die aus dem Haus kam und versuchte ihren Rollator in der Spur zu halten, war mit Sicherheit auch keine der Damen, die abends Herrenbesuche bekam.

Er startete den Wagen und wollte bis nach Ründeroth weiterfahren, dort würde er mit Max eine Runde laufen.

Noch mehrere Objekte kamen in die nähere Auswahl, doch Blumberg sah keine Möglichkeit, sie sich unauffällig anzusehen. Besonders gefiel ihm ein typisch bergisches Haus. Zweigeschossig mit Schiefer verkleidet, grüne Läden, weiße dicke Sprossenfenster. Top gepflegt. Ein Haus, wie es sich in den zwanziger Jahren wohlhabende Leute bauten. Aber auch dort keine Bewegung, nur der protzige weiße Audi SUV in der Einfahrt signalisierte, dass dort jemand wohnte.

Schließlich gab er die Suche auf. Von dem angestrengten Hinsehen bekam er schon

Kopfschmerzen. In Ründeroth bog er in der Ortsmitte rechts ab, verließ den Ort und fuhr ein Stück ins Grüne. Max schien zu bemerken, das Bewegung angesagt war und gab ein zufriedenes Grunzen von sich.

Nach einem langen Spaziergang auf Feldwegen zwischen fetten Wiesen, auf denen die Kühe und Pferde Max wie einen Feind bekneisten, hatte Blumberg genug. Er rief Elsa an und sagte ihr, dass er in etwa einer halben Stunde zu Hause wäre und einen mächtigen Appetit mitbringen würde.

»Und sieh doch bitte nach, ob im Kühlschrank ein alkoholfreies Bierchen für uns steht«, meinte er noch am Schluss.

Sie hatten sich am Wiehler Weiherplatz im Plaza del Sol versammelt.

Wagenknecht wollte das so.

Die Dienststelle beengte sie.

Vielleicht wollte sie auch einfach den drängenden Nachfragen aus dem Wege gehen. Das Präsidium in Köln wurde ungeduldig, sie brauchten Ergebnisse.

»Pleite also auf der ganzen Linie«, stellte Wagenknecht lakonisch fest. »Wir haben es aber wenigstens versucht. Hätten ja auch mal Glück haben können. Gibt es sonst irgendetwas, das uns weiterbringen könnte?«

»Ich habe nochmals bei der Agentur in Köln angerufen«, sagte Heike Bachem, »aber nichts. Will Zapek ist dort nicht aufgetaucht.«

»Bei mir das Gleiche bei der Nachfrage in den

Bars«, gab Schlösser von sich.

Eine adrette Bedienung mit roter Schürze brachte ihnen Kaffee und einen Teller mit Hörnchen, den Blumberg bestellt hatte. Sie nippten am Kaffee, ließen sich die Hörnchen schmecken, beobachteten die Leute, von denen keiner mehr Zeit zu haben schien.

Jeder hing seinen Gedanken nach.

»Was für ein Auto fährt Zapek?«, fragte Wolfsbach plötzlich. »Hat da mal einer nachgehakt, weiß man, wo das Fahrzeug steht oder gesehen wurde?«

Die Gesichter der Kollegen sagten alles.

»Wir haben Zapek noch nicht zur Fahndung ausgeschrieben«, stellte Wagenknecht klar.

»Trotzdem, gute Idee. Wir werden die Suche nach dem Wagen starten. Ich rufe Alina an, die kann sich darum kümmern.«

»Wieso haben die Kollegen in Köln und die von Europol Zapek eigentlich noch nicht hochgehen lassen?«, meinte sie dann an Blumberg gewandt.

»Europol sind so lange die Hände gebunden, bis Gerichtsfähige Beweise vorliegen. Daran scheint es noch zu hapern. Und die Kölner wollen denen nicht in die Suppe spucken.«

Genervt enthielt Wagenknecht sich eines Kommentars. Bei der zweiten Runde Kaffee meldete sich ihr Handy.

»Weißer Audi SUV Q7, Kölner Kennzeichen«, gab Alina das Fahrzeug von Zapek durch.

»Soll ich es zur Fahndung durchgeben?«

»Lass mal, Alina, ich melde mich wieder.«

Als Wagenknecht die Meldung an ihre Kollegen

weitergab, verschluckte sich Blumberg. Sofort stand ihm das schöne bergische Haus mit dem weißen Audi SUV in der Einfahrt vor Augen.

»Das könnte es sein«, brachte er keuchend heraus.

»Ich habe so einen Wagen heute gesehen. Ich bin daran vorbeigefahren.

In Dieringhausen!«

34

Landhaus Bismarck

Wagenknecht hatte die Truppe aufgeteilt. Sie, Strassfeld und Schlösser waren auf dem Weg nach Dieringhausen. Heike Bachem und Wolfsbach hatte sie nach Wiehl geschickt. Sie sollten prüfen, ob Zapek nicht im Landhaus untergetaucht war.

Bei dem Gedanken an Blumberg musste sie schmunzeln. Er wollte mit, aber sie war hart geblieben, bei den Einsätzen durfte sie ihn nicht dabei haben. Elsa hätte ihr das nie verziehen. Und sie selbst wollte ihn auch nicht in Gefahr bringen. Alleine der Gedanke daran machte sie schon nervös. Doch das lange Gesicht von ihm stand ihr noch vor Augen.

Gerade standen sie auf der Dieringhauser Straße bei Rot an einer Ampel, als über die Freisprechanlage ein Gespräch hereinkam. Im Display erschien die Nummer ihrer Oberkommissarin.

»Heike, was ist?«, meldete sie sich und hörte erst einmal gar nichts. Dann ein Geräusch, als ob Heike Bachem am Würgen wäre.

»Heike, sag was«, brüllte Wagenknecht alarmiert und fuhr rechts auf einen Parkstreifen.

»Du musst kommen, sofort. Überall Blut, ich glaube, ich muss...«, dann wieder das würgende Geräusch. Wagenknecht umklammerte das Lenkrad und sah entsetzt Schlösser an. Er klemmte bereits das

Martinshorn aufs Dach und suchte nach einer Wendemöglichkeit.

»Seid ihr im Landhaus, seid ihr alleine?«, fragte Wagenknecht langsam, um Ruhe bemüht.

»Genagelt, überall Blut«, brachte Heike Bachem mühsam heraus.

Wagenknecht konzentrierte sich nun ganz darauf, ihr die Panik zu nehmen.

»Heike ruhig. Du gehst mit Wolfsbach sofort aus dem Haus und ihr wartet draußen, bis wir da sind.

Ist das Okay?«

Kurz darauf meldete Heike Bachem, dass sie das Gebäude verlassen hatten.

»Gut. Geht in Deckung und beobachtet das Haus, aber riskiert nichts. Die Kollegen sind schon unterwegs und wir sind auch gleich da.«

Dann trat sie aufs Gaspedal.

Vor dem Landhaus Bismarck blockierten bereits Streifenwagen und Rettungsfahrzeuge die Zufahrt. Rotes Flatterband sperrte das Grundstück großräumig ab. Wolfsbach und eine leichenblasse Heike Bachem saßen auf den Stufen der Eingangstreppe und starrten ihnen entgegen. Wagenknecht nahm ihre Oberkommissarin in die Arme und strich ihr beruhigend mit der Hand über den Rücken. Sah sie prüfend an und gab Wolfsbach zu verstehen, sich um sie zu kümmern.

Aus ihrem Wagen holte sie dann Überzieher für die Schuhe und Einmalhandschuhe.

»Pathologin und Kriminaltechnik sind schon da?«, fragte sie Wolfsbach und ging dann ins Haus. Um mögliche Abdrücke zu umgehen, ging sie bedachtsam vor und blieb in der Tür zum Wohnbereich stehen. Trotz Vorwarnung starrte sie geschockt auf die Szene, die aus einem Bild von Uriello hätte sein können.

»Mein Gott noch, welcher Irrer hat das getan«, presste sie heraus.

Auf der Stirnwand des Raumes hing Will Zapek.

Nackt.

Angetackert mit spitzen Eisenbolzen.

Arme und Beine gespreizt.

»Gekreuzigt wie die in der Bibel«, entfuhr es Schlösser. Er blickte auf das Gesicht des Mannes, das er vom Foto her kannte. Viel Ähnlichkeit war nicht mehr festzustellen.

Laute Stimmen im Hintergrund rissen sie von dem Anblick los. Michael Hugo, der Leiter der Kriminaltechnik, stellte sich neben sie und betrachtete wortlos die unheimliche Szene. Dann wandte er sich ihnen zu und bat sie den Raum zu verlassen.

»Am besten fahrt ihr nach Hause«, meinte er. »Das hier wird Stunden dauern. Und vor der Obduktion wird keiner sagen können, wie genau der Mann gestorben ist.«

Frustriert schüttelte er den Kopf.

»In drei Jahren gehe ich in Rente, dann setze ich mich an meinen Teich und will von dem ganzen Dreck dieser Welt nichts mehr hören und sehen«, grummelte er vor sich hin. Dann gab er seinen Leuten zu verstehen, dass sie anfangen sollten. Wagenknecht und Schlösser machten, dass sie nach draußen kamen.

Vor dem Haus versammelte Wagenknecht ihre

Leute und sagte ihnen, dass sie sich in der Nachbarschaft umhören sollten. Vielleicht hatte ja einer was bemerkt. Nach kurzer Zeit hatten sie die wenigen Häuser durch, doch keiner hatte etwas gehört oder gesehen, manchmal war niemand da. Entschlossen schickte Wagenknecht ihre Leute nach Hause. Es hieß warten, bis Ergebnisse vorlagen. Sie selbst hatte noch ein Treffen mit Kriminalrat Schneider.

Heike Bachem war völlig durch den Wind. Die Szene im Landhaus bekam sie einfach nicht aus dem Kopf. Mit Wolfsbach war sie auf dem Weg nach Bielstein zu ihrer Wohnung. Er hatte darauf bestanden, dass sie selbst nicht fahren durfte, und sie sollte auch bei ihm schlafen. Aber sie wollte in ihren eigenen vier Wänden sein, in der Geborgenheit ihrer Wohnung. Dann würden sich die schrecklichen Bilder vielleicht vertreiben lassen.

»Dieser Fall steigert sich ins Extreme«, äußerte sich Wolfsbach. »Der fünfte Mord in Folge, das ist echt krass.«

»Und unser bisheriger Hauptverdächtiger schwebt wo auch immer der Hölle entgegen«, stellte Heike Bachem lapidar fest.

Doch irgendwie spürte sie, dass etwas in ihr arbeitete, in ihr bohrte.

Ihr keine Ruhe ließ.

Vor sich in Alperbrück sah sie die Tankstelle auftauchen und bat Wolfsbach kurz anzufahren.

»Ich brauche was für meine Denke«, meinte sie.

»Magst du auch ein Eis?«

»Immer.«

Mit zwei Magnum kam sie zurück und sie schleckten nachdenklich das Eis. Überdachten, was die Ermittlungen zutage gebracht hatten.

»Eines steht ja wohl fest«, meinte sie schließlich, »wenn uns bis jetzt noch nicht ganz klar war, dass ein größerer Kopf hinter der ganzen Schweinerei steckt, dürfte das mit dem Mord an Zapek jetzt durch sein.

Gernolf, wer könnte gewusst haben, das Zapek an der Agentur beteiligt war und das Landhaus Bismarck als Schulungs Center der Firma fungierte?

Wer könnte Will Zapek dort hingelockt haben?«

Wolfsbach brummte was vor sich hin. Für den Tag hatte er genug, es reichte. Er startete den Wagen und meinte, sie könnten ja am nächsten Tag nochmal die Berichte durchlesen. Vielleicht würden sie ja auf etwas stoßen.

»Moment mal.«

Heike Bachem fasste sich mit beiden Händen an den Kopf.

»Wie kann man nur so vernagelt sein.«

Sie bemerkte seinen irritierten Blick, hatte schon das Handy in der Hand und tippte auf die Kurzruftaste von Wagenknecht.

»Heike, du solltest dich langsam mal entspannen«, meldete sich ihre Chefin, bevor sie überhaupt was sagen konnte.

Sie ignorierte den Einwand.

»Kareen, wie war das, als wir bei diesem Frederick von Arnstätten waren, als er meinte, dass er den beiden

Frauen von der Agentur einen Job bei der Messe besorgen würde. Hat er in diesem Zusammenhang nicht auch geäußert, das Landhaus Bismarck geschlossen würde?«

Wagenknecht, die mit Kriminalrat Schneider in dem Arbeitszimmer von Blumberg saß, schaltete sofort. Elektrisiert blickte sie zu den beiden Herren hin.

»Heike, du denkst, das Frederick von Arnstätten?

Dass er der Mann ist, der hinter allem steckt, dass er der große Boss des Kartells ist?

Wahnsinn!

Ich melde mich wieder.«

35

Der Boss

Wagenknecht empfand es als ein Glücksfall, das Kriminalrat Schneider alles mitbekommen hatte. Mit dem Verdacht auf Frederick von Arnstätten machte er die Sache zur Chefsache. Er kannte natürlich den Messechef persönlich. Wie konnte es auch anders sein. Irritiert blickte er seine Hauptkommissarin an, dann wanderte sein Blick zu Blumberg hin.

»Wir sprechen doch hier über jüngst verübte Morde, über das Kartell, hinter dem Europol und die Jungs aus Köln her sind, über den Big Boss, der das Ganze steuert.

Sehe ich das richtig?«

Wortlos nickte Wagenknecht, in ihrem Kopf überschlugen sich die Gedanken, sie war nicht fähig, etwas zu sagen. Sie brauchte einen Moment, um die Geschehnisse in die richtige Reihenfolge zu bringen. Hilfesuchend blickte sie Blumberg an. Er nickte ihr beruhigend zu. Es würde passen, verdammt gut passen, ging es ihm durch den Kopf.

»Fritz, wir müssen das jetzt durchgehen«, meinte er betont ruhig. Er ahnte, wie es in Schneider aussah. Wenn Frederick von Arnstätten der Boss hinter allem war, würde es in Köln hochhergehen. Schneider musste auf Nummer sicher gehen. Stellte der Verdacht sich als Ente heraus, war ihm der vorgezogene

Ruhestand sicher. »Ihr könnt einem wirklich das Leben schwer machen«, stöhnte Schneider. Er zeigte auf das Handy, das Wagenknecht noch in der Hand hielt.

»Rufen Sie ihre Oberkommissarin an, sagen Sie ihr, dass sie nichts unternimmt.

Und zu keinem ein Wort.«

Dann wurde deutlich, warum Schneider es so weit gebracht hatte. Im Minutentakt sprach er mit der Staatsanwaltschaft, mit dem Ressortleiter des Finanzamtes, dem Liegenschaftsamt und mit dem Vorsitzenden der Bankenvereinigung.

Seine Miene wurde nachdenklicher, hin und wieder warf er Wagenknecht und Blumberg einen verschleierten Blick zu. Am Schluss führte er noch einige Telefonate auf Englisch. Mit wem auch immer.

»Also«, Schneider blickte auf seine Uhr.

»Bis morgen zehn Uhr liegen mir Berichte vor. Danach wissen wir, was mit Arnstätten los ist. Zumindest was wir auf die Schnelle herausfinden konnten. Schwieriger dürfte es werden, wenn es um seine Aktivitäten im Ausland geht. Wenn es denn solche gibt.

Aber auch da wird ermittelt.«

Besorgt blickte er Blumberg an.

»Carl, das gibt wieder ein Zirkus.

Unser Polizeipräsident wird überhaupt nicht erfreut sein. Er ist mit Frederick von Arnstätten bestens bekannt. Und dann erst die Staatsanwaltschaft. So viel ich weiß, ist Sarah von Arnstätten die Schwester von Oberstaatsanwalt Klaasen.

Kannst du dir vorstellen, in welche Scheiße wir da

greifen?«

Blumberg konnte.

Für einen Moment herrschte Stille im Raum. Wagenknecht wurde langsam nervös. Sie verstand zwar die Bedenken von Schneider, trotzdem war Arnstätten für sie nicht besser als jeder andere auch. Prominenz hin oder her.

»Also«, begann sie, »stellen wir nochmals folgendes fest: Der Mord an Wafa Alaya geht ja eindeutig auf das Konto von Freddy Kohl. Wieweit sein Kumpan Vinzenz beteiligt war, wird noch untersucht. Beide waren Bodyguards und wurden von der Agentur *Exhibition Agency Cologne* für den Job in Wiehl engagiert.

Nebenbei, schwarz.

Sie hatten die Aufgabe, die Frauen im Seminar Center zu schützen. Das ist dann mächtig schiefgelaufen.« Durstig trank sie einen großen Schluck Wasser. Bemerkte, wie die Herren auf Fortsetzung warteten.

»Weiter. Kurz darauf wurden Kohl und Vinzenz getötet. Weshalb, und von wem?

Es kann nur Strafe oder Rache gewesen sein.

Und hier kommt Frederick von Arnstätten ins Spiel. Ich bin überzeugt, dass er wirklich ein ganz enger Freund von Fleur de Vries war.

Wenn nicht mehr.

Er hat sie durch zahlungskräftige Kunden unterstützt, hat dafür gesorgt, dass die Agentur florierte. Ich vermute sogar«, sie blickte ihren Chef an, »das Arnstätten an der Agentur beteiligt ist, was nur Fleur de Vries wusste. Und wenn dem so ist, konnte er

212

den Mord an Wafa Alaya nicht hinnehmen.

Also ließ er Kohl und Vinzenz ermorden.

Weiterhin glaube ich, dass Will Zapek dem Kartell angehörte. Er war der Frontmann für die lokale Öffentlichkeit, Finanzamt und dergleichen. Aber auch der Mann für das Grobe. Ohne zu wissen, das Arnstätten der Boss im Hintergrund ist.«

Wie an einer Leine aufgezogen, sah Wagenknecht die Abläufe vor sich.

»Doch dann machte Zapek den großen Fehler und setzte Fleur de Vries unter Druck. Er wollte das Landhaus im Bergischen für seine abartigen Kunden nutzen. Geschäfte, von denen das Kartell nichts wusste, wo er selbst abkassierte. Fleur de Vries hat nachgegeben, es gab eine große Sauerei und als Zapek für seine speziellen Kunden das Landhaus weiterhin nutzen wollte, hat Fleur de Vries sich geweigert. Zapek hat durchgedreht und sie in ihrem Büro getötet. Ich vermute, dass er durch den ständigen Drogenkonsum völlig von der Rolle war. Die Ergebnisse der Obduktion werden uns da Näheres sagen. Weiterhin bin ich davon überzeugt, das Frederik von Arnstätten von dem, was im Landhaus geschehen ist, erfahren hat. Ja, möglicherweise hat Fleur de Vries ihm erzählt, dass sie von Zapek unter Druck gesetzt wurde.

Über ihren Tod ist Frederick von Arnstätten dann ausgerastet und hat Zapek unter welchem Vorwand auch immer, ins Landhaus bestellt. Ihn dort gefoltert und getötet. Als Rache für den Mord an seiner geliebten Freundin.«

Geschafft lehnte sich Wagenknecht zurück. Für sie

war alles eindeutig. Wunderte sich insgeheim, dass sie auf einige Zusammenhänge nicht schon längst gestoßen war. Angespannt wartete sie auf die Reaktionen von Schneider und Blumberg.

»Und wir haben noch das noble Haus in Dieringhausen«, ergänzte Blumberg. »Möglicherweise ist Frederick von Arnstätten da ja Stammgast.«

Er musste nun doch leicht schmunzeln.

»Da soll mal einer sagen, im Bergischen wäre nichts los.«

Kriminalrat Schneider schmunzelte nicht. Er spürte bereits die Krallen des Oberstaatsanwaltes in seinem Nacken.

36

Frühbesprechung

Krisensitzung war angesagt. Schneider hatte sie alle für sieben Uhr in der Früh in die Gummersbacher Dienststelle bestellt. Er hatte bei Blumbergs geschlafen, fühlte sich fit und ausgeruht. Im Stillen beneidete er seinen Freund Carl, der in dieser wunderschönen Gegend seinen Ruhestand genießen konnte. Gönnte es ihm jedoch.

Außer Wagenknecht und ihr Team waren noch der Leiter der Kölner Mordkommission, Frank Hellendahl und Heinz Steingass anwesend. Blumberg kam einige Minuten später, er hatte noch einen kurzen Rundgang mit Max gemacht.

»Lieber wäre es mir, ich könnte euch was anderes mitteilen«, begann Schneider. »Doch leider sieht es so aus, das Frederick von Arnstätten nicht der Mann ist, für den wir ihn gehalten haben.« Er kramte in den Papieren, die vor ihm lagen, herum. Mit iPads und Laptops dieser Welt hatte er es nicht.

»Arnstätten ist in der Tat an der Firma *Exhibition Agency Cologne* mit fünfzig Prozent beteiligt. Die angebliche Beteiligung von Will Zapek ist nur Schein. Allerdings ist noch unklar, wie Fleur de Vries das geglaubt haben konnte. Da muss irgendeine Verschleierung gelaufen sein.

Weiter: Landhaus Bismarck in Wiehl ist auf

Frederick von Arnstätten im Grundbuch eingetragen.

Aber es kommt noch härter.

Die Häuserblocks in Köln-Kalk gehören ihm ebenfalls. Will Zapek als Gallionsfigur hat die Bars gepachtet und es wird vermutet, dass in den Hinterzimmern dieser Establishments gespielt wird. Heißt, es wird Geld gewaschen. Geld, das durch Drogenhandel, Prostitution und dergleichen verdient wird.«

»Das ist doch der reinste Wahnsinn«, unterbrach Schlösser den Kriminalrat. »Was in diesem Land alles unbemerkt geschehen kann, ist ja kaum vorstellbar. Ich glaube, ich wandere mit meinen Töchtern aus.« Den missfallenden Blick von Schneider bemerkte er nicht.

»Bezüglich des Eigentums von Frederick von Arnstätten ist das im Moment das Grobe«, berichtete Schneider weiter. »Im Ausland wird ermittelt wegen Schwarzgeldkonten und Liegenschaften. Eines ist klar, mit seinem Job konnte er das alles nicht verdienen. Und von Hause aus war auch nichts. Seine jüngsten Vorfahren waren eine verarmte Adelsfamilie.«

»Was ist mit der Villa?«, warf Wagenknecht ein.

»Seine Frau hat das Anwesen mit in die Ehe gebracht. Sie stammt aus einer sehr vermögenden Familie.«

Der Blick von Schneider wurde leicht trübe.

»Wo wir einmal bei Sarah von Arnstätten sind, sie ist seit zwei Tagen in Frankfurt. Wir haben die Fluglisten überprüft. Den Rückflug hat sie für morgen gebucht. Es wird vermutet, dass sie dort bei einem Mann ist, den sie in den Staaten kennengelernt hat. Ein

Künstler. Wird alles bereits überprüft. Wir müssen wissen, ob sie in dem Kartell mit drinhängt. Wie gesagt, ihr Bruder ist unser Oberstaatsanwalt. Wenn sie sauber ist, werden wir es mit ihm einfacher haben.«

»Dann bin ich ja mal gespannt, was Frederick von Arnstätten für die Zeit, in der Zapek ermordet wurde, für ein Alibi hat.« Überzeugt blickte Wagenknecht in die Runde. »Ich bin mir ziemlich sicher, dass er es sich nicht hat nehmen lassen, Zapek selbst zu foltern und zu töten. Dafür wird ausreichend Hasspotenzial vorhanden gewesen sein.«

Frank Hellendahl nickte zustimmend.

»Das dürfte so sein. Wir haben in Köln schon lange den Verdacht, dass es zwischen Zapek und Fleur de Vries gekracht hat. Und zwar heftig. Unsere Jungs sehen sich in den Bars von Zapek schon mal um und haben mitbekommen, wie er vollgedröhnt mit Drogen herumpalavert hat, dass er es der Alten schon geben würde, dass sie schon noch angekrochen käme. Damit kann er nur Fleur de Vries gemeint haben.«

»Okay.«

Kriminalrat Schneider blickte auf die Uhr.

»Es wird Zeit. Wir fahren drei Einsätze zeitgleich. Hellendahl, Sie fahren in die Messeverwaltung und sehen, ob dort Arnstätten ist. Wenn ja, bringen Sie ihn mit ins Präsidium.

Als Zeugen im Mordfall Zapek.

Wiegen Sie ihn in Sicherheit.

Wahrscheinlich wird er aber noch nicht da sein, gewohnheitsmäßig bleibt er bis neun Uhr zu Hause. Aber man weiß ja nie. Ist er nicht da, verschwinden Sie wieder. Keine Kommentare, wem auch immer gegenüber.« Freundlich blickte Schneider zu Alina Ysum hin und fragte bescheiden, ob er noch einen Kaffee haben könnte. »Am Morgen benötige ich davon immer eine Unmenge« ulkte er. Dann richtete er sich an Heinz Steingass, dem Urgestein der Kölner Kripo. Ihn kannte er schon so lange wie Blumberg. Sie beide hatten manchen Kampf gegen das kriminelle Geschäft der illegalen Prostitution geführt. Schneider wusste um das große Herz von Steingass. Dass er schon mal eine Fünf gerade sein ließ, wenn er einer Frau aus dem horizontalen Gewerbe helfen konnte. Steingass war einer der ganz wenigen Beamten, die in Köln von den Kriminellen respektiert wurden. Selbst harte Jungs zogen vor dem Bären von einem Mann den Schwanz ein. Und die im Rotlichtmilieu mochten ihn. Sie wussten, dass er immer ein offenes Ohr für sie hatte und seine Stellung nicht ausnutzte.

»Heinz, du stattest mit deiner Truppe dem noblen Haus in Dieringhausen einen Besuch ab. Ist es wirklich ein Bordell und sind dort illegale Flüchtlinge beschäftigt, bringt ihr sie zur Dienststelle. Stöbert alles durch, ob ihr etwas über Frederick von Arnstätten findet. Ob die Frauen ihn kennen. Ansonsten alles mit der üblichen Routine.«

»Sollen wir nicht besser heute Abend, wenn die Bude voll ist, zuschlagen?«, gab Steingass zu bedenken.

Widerwillig lehnte Schneider ab.

»Heinz, generell hast du ja Recht, aber ich will vermeiden, dass ihr möglicherweise über Prominenz stolpert, die dort mit den Damen rummachen. Das gibt nur viel Ärger und bringt uns nicht wirklich etwas.«

»Verstanden.«

Im Stillen schmunzelte Steingass, wollte die Spekulationen aber nicht näher an sich herankommen lassen.

»Und wir«, Schneider zeigte auf Wagenknecht, »fahren zu Frederick von Arnstätten nach Hause. Wen Sie dabei haben möchten, bestimmen Sie.«

Unruhig rutschte Blumberg auf seinem Stuhl hin und her, suchte den Blick von Schneider, registrierte sein Kopfschütteln.

»Tut mir leid Carl«, meinte Schneider dann auch schon. »Aber du weißt ja selbst, Privatleute beim Einsatz, das geht nicht.«

Blumberg bemerkte ein verschmitztes Blinzeln in seinen Augen und wusste Bescheid.

37

Max

Auf der A4 gab Blumberg ordentlich Gas. Er musste vor Schneider und den Kollegen vor Ort sein. Nachdem er bei der Ausfahrt Bensberg die Autobahn verlassen hatte, fuhr er auf einen Schleichweg durch den Königsforst. Eigentlich nur für den Forst- und Landwirtschaftlichen Verkehr freigegeben, riskierte Blumberg ein Knöllchen. In Refrath kannte er sich aus, in seinem letzten Dienstjahr hatte er dort ein Fälscher-Duo ausgehoben. Zwei flotte Rentner, ehemalige Jünger Gutenbergs, die in einem Gartenhaus munter Zwanzig-Euroscheine druckten.

Die Adresse von Arnstätten war eine Ecke weiter wo das Villenviertel anfing. Auf Anhieb fand Blumberg das weitläufige Anwesen. Langsam fuhr er daran vorbei, sah, dass die Doppelgarage geschlossen war und im Haus bewegte sich auch nichts. Wahrscheinlich saß Frederick von Arnstätten noch beim Frühstück.

Nach sicherlich fünfzig Meter Straßenfront zweigte hinter dem Grundstück eine Seitenstraße rechts ab.

Das passte.

Dort konnte er ungesehen parken.

Blumberg ließ Max aus dem Fond des Wagens, nahm ihn an die kurze Leine und ging mit ihm entlang des schmiedeeisernen Zauns. Bewundernd betrachtete er die alten Akazien, die bestimmt schon die Urgroßeltern der Hausherrin gepflanzt hatten. Mitten in der weitläufigen Anlage beherrschten einzelne, große Rhododendron das Gartenbild. Hohe, wunderschöne Rosenstöcke in den Farben gelb und rot blühten in der Nähe des Hauses. Alles war top gepflegt, der Gärtner musste eine Festanstellung haben, ging es Blumberg durch den Kopf. Insgesamt schätzte er das Anwesen auf gut dreitausend Quadratmeter. Mindestens. Der Immobilienwert musste gigantisch sein.

Nach hinten verlor sich das Grundstück an eine Querstraße, wobei ein doppelflügeliges Holztor die Zufahrt zum Garten sicherte. Bestimmt für den Gärtner, dachte Blumberg. Auf so einem großen Gelände gab es jede Menge Gartenschnitt, der entsorgt werden musste. Einige Meter entfernt stand seitlich eine solide Gartenhütte, mehr schon ein Blockhaus, das vermutlich als Lager für Gerätschaften diente. Und dann konnte Blumberg es kaum glauben, als er unterhalb der Querstraße eine Holzbank, umgeben von immergrünen Sträuchern, stehen sah. Eine gepflegte Sitzgelegenheit für die nicht mehr ganz so rüstigen Herrschaften, wenn sie ihren täglichen Rundgang machten.

»Max«, meinte er euphorisch, »wir beide machen jetzt einen auf Rentner.«

Max jaulte beleidigt, er und Rentner, er glaubte es nicht. Er fieberte geradezu, mal wieder etwas Ordentliches zu erleben. Beleidigt platzierte er sich neben seinem Chef und checkte aufmerksam die

Umgebung.

Geradezu ideal empfand Blumberg den Blick auf die Villa mit rückseitigem Gelände.

Plötzlich bemerkte er, dass im Innern des Hauses sich etwas abspielte. Durch die Terrassentür konnte er beobachten, wie eine Gestalt sichtlich aufgeregt hin und her tigerte.

Frederik von Arnstätten!

Vermutlich stand Kriminalrat Schneider vor der Tür und der Hausherr ahnte, dass er aufgeflogen war. Dann zuckte Blumberg vor Schreck zusammen. Mit gezogener Waffe kam Oberkommissar Schlösser um das Gebäude gelaufen, peilte die Terrasse an und ging hinter einer Hollywood Schaukel in Deckung.

»Max, das darf doch nicht wahr sein«, äußerte sich Blumberg entsetzt. Er bemerkte, wie die Rückenhaare von Max aufrecht standen und er ein tiefes Grollen von sich gab. Ein sicheres Zeichen, dass Gefahr im Anzug war. Blumberg spürte, wie sein Magen sich verkrampfte.

Von der Vorderfront des Hauses her hörte er wie jemand etwas rief und kurz darauf fiel ein Schuss.

Scheiße, schoss es ihm durch den Kopf, da läuft verdammt noch mal was schief. Er sah, wie die Terrassentür aufflog und Frederick von Arnstätten mit einer Waffe in der Hand in den Garten lief.

»Halt, Polizei!«

Schlösser hatte sich ihm in den Weg gestellt und zielte mit der Waffe auf ihn.

Ist der denn verrückt geworden, dachte Blumberg entsetzt, als auch schon ein Schuss fiel und Schlösser getroffen zu Boden sank. Max geriet völlig aus dem Häuschen und nur mit der antrainierten Disziplin konnte Blumberg ihn zurückhalten. Ohne weiter auf Schlösser zu achten, lief Arnstätten auf das Gartenhaus zu. Sekunden später kam Wagenknecht auf die Terrasse gestürmt, blickte kurz Arnstätten hinterher und lief zu Schlösser. Sie bückte sich zu ihm hinunter, tastete ihn ab und Blumberg registrierte, wie sie hektisch ins Handy sprach und Heike Bachem zu sich winkte, die auf der Terrasse auftauchte.

Geradezu langsam drehte sich dann Wagenknecht um und blickte zur Hütte hin. Blumberg fühlte, wie sein Herz in die Hose rutschte. Er versuchte, sie auf sich aufmerksam zu machen, machte Zeichen, dass sie in Deckung gehen sollte, doch anscheinend nahm sie ihn gar nicht wahr. Zielstrebig ging sie auf die Hütte zu, als Max wie verrückt an der Leine zerrte und ein tiefes Grollen von sich gab. Blumberg hätte heulen können, er wusste, was das bedeutete. Und für die übliche Zeremonie zwischen ihm und Max hatten sie keine Zeit mehr. Max war dermaßen explosiv, so hatte er ihn nur erlebt, als er einen Killer angegangen war, der seine Pistole auf Blumberg gerichtet hatte und ihn töten wollte.

Blitzschnell machte er die Leine los.

»Max, zu Kareen«, konnte er noch murmeln, als der Hund auch schon mit einem mächtigen Sprung über den Zaun setzte. Mit weiten Sprüngen schoss er auf Wagenknecht zu und sprang sie so heftig an, dass sie zu Boden fiel. Dann erschütterte eine Explosion die Umgebung. Holzteile flogen durch die Luft, Blumberg sah Stühle und einen Grill auf den Rasen landen und dachte, das Arnstätten sich in die Luft gejagt hätte.

Erleichtert bemerkte er, das Wagenknecht sich kurz darauf langsam aufrichtete und Max an sich drückte. Nur wenige Meter weiter und sie wäre ein Opfer der Explosion geworden. Dankbar betrachtete Blumberg es als Fügung, dass er mit Max zur richtigen Zeit am richtigen Ort war. Sein Blick wanderte über das Chaos, das die Explosion verursacht hatte und er winkte gerade Wagenknecht zu, als er die Gestalt bemerkte, die auf das Gartentor zulief.

Arnstätten!

Er hatte sie hereingelegt.

Verdammt, der Scheißkerl hat das inszeniert, um uns abzulenken, schoss es Blumberg durch den Kopf.

Dann sah er, wie Max herangeflogen kam.

Als Frederik von Arnstätten, in der Überzeugung es geschafft zu haben, das Gartentor öffnete, ahnte er nicht, dass er durch dieses Tor nie wieder gehen würde. Er bemerkte Max erst, als er auf dem Boden lag und die Reißzähne an seinem Hals spürte. Mit aufgerissenen Augen starrte er zu Blumberg hin, der Max lobte und ihm beruhigend zuredete.

38

Wiehler Wirtshaus

Kriminalrat Schneider hatte für den Abend ins Wiehler Wirtshaus eingeladen. Am späten Nachmittag war die Meldung eingegangen, das Martin Schlösser es überstanden hatte. Der Schuss war wenige Zentimeter am Herzen vorbeigegangen und die Operation war ohne Komplikationen verlaufen. Nach dieser erlösenden Nachricht war Wagenknecht mit Tränen in den Augen nach Hause gefahren und hatte verkündet, dass die erste Runde am Abend auf sie gehen würde.

Nun, die erste Runde hatte der Kriminalrat übernommen, da Wagenknecht noch nicht erschienen war. Blumberg machte sich langsam Sorgen und auch Elsa sah ihn hin und wieder bedrückt an.

Sie dachten beide an Hendrik.

Hoffentlich gab es da keine neuen Probleme.

Um sich etwas abzulenken, stand Blumberg auf und schlenderte zum Biergarten hin. Von dort konnte er in die Bahnhofstraße sehen, von wo Wagenknecht und Hendrik kommen mussten.

Neben ihm räusperte sich kurz darauf Schneider.

»Du machst dir Gedanken um sie?«, sagte er leise.

»Machst dir Sorgen um die beiden?«

»Ja, verdammt!

Dass sie zu spät kommt, kenne ich nicht an ihr. Es muss etwas passiert sein.«

»Carl, beruhige dich. Es kann tausend Gründe geben, warum die beiden sich verspäten«, versuchte Schneider ihn zu beruhigen. »Übrigens, die Nummer heute Morgen, war ja mal wieder eine Glanzleistung von dir.

Respektive von Max.

Wie bist du nur auf die Idee gekommen, dich ausgerechnet an dieser Straße auf diese Bank zu setzen? Auf die Idee käme doch sonst kein Mensch.«

»Tja Fritz, so ist das halt«, schmunzelte Blumberg.

»Ich hatte schon immer was für Logenplätze übrig.«

»Unglaublich. Wenn du mit Max nicht vor Ort gewesen wärst, ich darf gar nicht daran denken, was geschehen wäre.« Ergriffen fasste Schneider seinen Freund an die Schulter.

»Carl, wir stehen tief in deiner Schuld.«

»Quatsch, Fritz. Allerdings mit dem, was ihr da abgezogen habt, hatte ich nicht gerechnet. Wieso ist das so aus dem Ruder gelaufen?«

»Aus dem Ruder gelaufen ist eigentlich nichts, wir mussten offensiv vorgehen. Noch auf der Hinfahrt bekam ich die Meldung, dass Fingerabdrücke, die am Tatort sichergestellt wurden, von Frederick von Arnstätten sind. Sie waren bei Europol gespeichert, weil er vor Jahren bei einer Razzia in einem holländischen Bordell festgenommen wurde. Damit stand fest, dass er Mörder von Zapek ist. In dem Moment wurde mir klar, dass es mit einem lockeren Gespräch mit ihm nicht getan war. Ich musste ihn mitnehmen und das hätte er nicht mitgemacht. Also habe ich die harte Tour angesagt.

Dass dann Schlösser einen Alleingang machte, und dazu noch einen völlig unprofessionellen, damit hatte ich allerdings nicht gerechnet. Übrigens«, er blickte Blumberg nachdenklich an, »mit dem Mann scheint aber auch sonst etwas nicht zu stimmen. Ich habe das Gefühl, er steht nicht mehr hinter seiner Arbeit. Und das als Stellvertreter von Wagenknecht.«

»Er hat familiäre Probleme Fritz. Seit seine Frau ihn mit zwei Töchtern im Teenageralter hat sitzen lassen, kriegt er nicht mehr so richtig die Kurve. Immer hat er Angst, seinen Kindern könnte etwas passieren und er hätte Schuld. Schlösser ist sonst ein guter Polizist, gib ihm eine Chance.«

Ehe sich Schneider dazu äußern konnte, sahen sie Wagenknecht und Hendrik Hand in Hand die Bahnhofstraße heruntergeschlendert kommen. Sie mussten nicht viel von Körpersprache verstehen, um zu sehen, dass die beiden gut drauf waren. Blumberg fiel eine Betonlast vom Herzen und auch Schneider atmete erleichtert auf.

»Komm, Carl. Ehe es mit der Bande weitergeht, gönnen wir uns an der Theke einen Schnaps«, knurrte er und Blumberg glaubte etwas Feuchtes in seinen Augen zu sehen.

Im Wirtshaus gab es dann ein lautes »hallo«, als Hendrik hereinkam. Wenn auch kein Polizist, gehörte er doch zur Truppe. Wagenknecht ging zielstrebig zu Blumberg hin, drückte ihn lange und küsste ihn mit Tränen im Gesicht auf die Backe.

»Danke.«

Mehr brachte sie nicht heraus.

Dann zog sie aus ihrer Umhängetasche eine Tüte, auf der die Metzgerei Müller ihre Werbung stehen hatte und zog ein großes Stück Fleischwurst heraus.

Max, Kavalier, wie er nun einmal war, ließ sich nicht lange bitten und setzte sich artig, hoch aufgerichtet vor ihr hin.

»Max, mein Lebensretter«, sagte Wagenknecht leise und drückte ihr Gesicht an seinen Kopf. Am Tisch wurde es mucksmäuschenstill. Allen war klar, dass ihre Chefin dort nicht stehen würde, wenn es anders gelaufen wäre.

Länger wollte Wagenknecht Max nicht schmachten lassen, reichte ihm die Wurst, richtete sich auf und zog Hendrik an sich heran.

»Da gibt es noch etwas.«

Freudestrahlend blickte sie in die Runde.

»Hendrik hat heute das endgültige Laborergebnis bekommen.

Es ist negativ!«

Der Jubel, der einsetzte, war unbeschreiblich. Alle Kollegen drückten die beiden, Schneider gratulierte mit glänzenden Augen, Elsa schniefte ins Taschentuch.

Blumberg machte es kurz.

Er bugsierte Elsa und die beiden zur Theke und bestellte Sekt.

»So«, meinte er, »es ist ja schon direkt peinlich, dass wir uns immer noch wie Fremde siezen. Das hört ab sofort auf.

Kareen, Hendrik, ich bin so froh, dass bei euch alles wieder im Lot ist.

Auf eure Zukunft!«

Elsa meinte, das wäre ja wohl schon lange fällig gewesen und nahm die beiden in die Arme.

Und als ob da einer an Strippen ziehen würde, läuteten seit vielen Monaten wieder die Glocken der sanierten Wiehler Kirche.

eBooks
sofort zum Lesen

Print-Ausgaben eBooks:

Erhältlich bei Ihrem
Lieblings-Buchhändler
und in den Online-Shops:

Langeoog
Haie

Zum Buch

Eine junge Frau, auf grausame Weise ermordet, ist nicht gerade das, was Kathrin Hansen sich auf Langeoog gewünscht hätte. Ihr Lebensgefährte liegt in der Notfall Klinik, weil er zuvor diese Frau schützen wollte. Eine Fremde, ohne Identität. Ihr Aufenthalt auf der Insel wirft Fragen auf. So richtig verwirrend wird es, als alles auf einen Ritualmord hinweist. Auf eine Bestrafung, die in Ländern des Islam praktiziert wird. Glaubte Kathrin Hansen, schlimmer könnte es nicht kommen, bringt sie der Mord an einer alten Insulanerin völlig aus dem Tritt. Das Opfer ist eine Freundin von ihr, die sie seit ihrer Kindheit kennt. Eine Frau, die überall beliebt ist. Doch nach dem Motto: Alle guten Dinge sind drei, gibt es einen weiteren Toten obendrauf.

Ruhelos schritt Bahira Amana durch das kleine Zimmer. Es musste etwas passiert sein, Ceylin hätte längst zurück sein müssen. Anna, ihre Betreuerin, hatte Ceylin mitgenommen, um sie für den Strand einzukleiden. Badesachen. Dinge, die sie in ihrem bisherigen Leben nicht kennengelernt hatte.

Danach käme sie, Bahira, an die Reihe.

Zuerst war sie enttäuscht gewesen, dass sie nicht mitgehen konnte, verstand dann aber das Argument von Anna, dass sie nicht mit zwei auffallenden Schönheiten durch Langeoog promenieren wollte. Sie müssten sich weiterhin in Zurückhaltung üben. Ihre Zeit, sich unbeschwert in der Öffentlichkeit zeigen zu können, würde noch kommen, so Anna. Dazu gehörte, dass sie die beantragten Aufenthaltspässe in ihren Taschen hatten.

Nein, zum Shoppen eine nach der anderen, hatte Anna bestimmt und Bahira hatte es dann auch verstanden. Sie und Ceylin hatten Vertrauen zu Anna und Lorenz gefasst. Ihre ständigen Begleiter, die sie in dem Auffanglager an der österreichischen Grenze angesprochen und ihnen einen Job angeboten hatten.

Einen Traumjob in einer seriösen Agentur in Deutschland. Seitdem hatten die beiden sich um alles gekümmert.

Anfangs waren Bahira und ihre Freundin extrem misstrauisch gewesen, allzu oft hatten sie gehört, dass die Not der Flüchtlinge ausgenutzt wurde. Erst gab es verlockende Versprechungen und am Ende wurden sie zur Prostitution gezwungen oder landeten auf der Straße im Drogenmilieu.

Ceylin hatte die meiste Angst gehabt.

Ihre ältere Schwester Aga war ein Jahr vorher aus Syrien geflüchtet. Nach monatelanger Flucht hatte sie gemailt, dass sie es über die deutsche Grenze geschafft hätte und alles sei gut. Ceylin sollte sofort nachkommen. Doch dann hatte Ceylin nichts mehr von ihrer Schwester gehört. Alle Nachforschungen liefen ins Leere. Auch ein Grund, warum sie nach Deutschland wollte. Sie musste Aga finden.

Auf der Flucht wurden ihnen dann die Ausweise und Handys gestohlen, für Bahira und Ceylin eine Katastrophe. Sie konnten sich nicht mehr ausweisen, ein nicht absehbares Warten und die Abschiebung standen ihnen bevor. Dass sie aus einem Kriegsland geflüchtet waren, hätte man ihnen glauben können oder auch nicht.

Das Jobangebot war die Chance, in das gelobte Deutschland zu kommen, und das Angebot war überzeugend. Anna und Lorenz hatten klipp und klar erklärt, dass sie für eine Kölner Escort Agentur Mitarbeiterinnen suchten. Ausgesuchte Damen, die bereit waren, reiche Geschäftsleute zu Meetings,

Messen oder gesellschaftlichen Verpflichtungen zu begleiten. Damit sie mit einer jungen Schönheit glänzen konnten, waren diese Leute bereit, horrende Honorare zu zahlen. Für Bahira und Ceylin hieße das pro Tag bis zu eintausend Euro.

Für jeden.

Ohne Sex. Sollten sie mit den Kunden ins Bett steigen, wäre das ihre Sache. Aber auch ihr Risiko. Gäbe es Schwierigkeiten, flögen sie aus der Agency raus. Auf ihre Frage, wieso Anna und ihr Kollege ausgerechnet in dem Auffanglager nach Mitarbeiterinnen suchten, hatten diese erklärt, es ginge um Sprache, Bildung und Aussehen. Gerade die sagenhaft Reichen aus Arabien und den Anrainerstaaten legten Wert auf Frauen aus ihrer Welt. Frauen, die ihre Sprache und Sitten beherrschten und dazu außergewöhnlich gut aussahen.

Für Bahira und Ceylin klang das plausibel und zu verlockend, um nein sagen zu können. Bahira war in ihrer Heimatstadt Hama Fremdenführerin gewesen, hatte Erfahrung mit Europäern gesammelt und zu Anna und Lorenz schließlich Vertrauen gefasst.

Es war dann auch alles glatt gelaufen.

Mit den Deutschen waren sie in einer schicken Limousine bis in den Norden ans Meer gefahren und dann auf dieser Insel gelandet. Immer hatte eine gute Stimmung zwischen ihnen geherrscht, ohne Anzeichen, dass etwas nicht stimmte. Auf der Insel bezogen sie ein am Rande des Ortes gelegenes altes Kapitänshaus, das als Schulungs-Center diente, so hatte Anna ihnen erklärt. Hier wurden sie auf alles vorbereitet, was sie für ihre zukünftigen Verpflichtungen als Begleiterinnen anspruchsvoller Kunden wissen mussten. Wie sie sich zu verhalten hatten, Umgang mit der Gesellschaft, Auftreten in der Öffentlichkeit, Pflege ihres schönen und eleganten Aussehens bis hin zu Tipps, wie sie sich die Herren vom Leibe halten konnten, ohne sie zu vergraulen. Nach der Schulung würden sie in Köln, in der Messestadt, gemeinsam ein Appartement beziehen. Bedingung: Herrenbesuche, auch private, waren dort strikt verboten. Ihnen kam das vor wie in einem Märchen, sie waren mit allem einverstanden.

Doch nun kam Ceylin nicht zurück.

Besorgt blickte Bahira zwischen den Scheibengardinen nach draußen. Die Sonne näherte sich dem Horizont und sie sah im Ort vereinzelt Lichter angehen. Um sie herum war alles totenstill. Gerade wollte sie sich aufs Bett legen, als sie hörte, dass die Eingangstür aufgeschlossen wurde. Erleichtert atmete sie auf, verließ das Zimmer und ging die Treppe hinunter in die Diele. Als sie verinnerlichte, das Anna sie kreidebleich anblickte, Lorenz mit gesenktem Kopf den Boden anstarrte, wurde ihr mit Entsetzen klar, das Ceylin nicht zurückgekommen war.

Anna Wiesental bemerkte die Panik in den Augen von Bahira und packte sie sanft am Arm.

»Wir müssen reden«, sagte sie und dirigierte Bahira zu einer kleinen Sitzecke. Fieberhaft überlegte sie, wie sie das Fehlen von Ceylin erklären sollte. Sie war verantwortlich für Ceylin, sie hätte nicht von ihrer Seite weichen dürfen.

Durchdringend sah Bahira ihre Betreuerin an.

»Wo ist Ceylin?«

»Wir wissen es nicht.

Ceylin ist nicht zurückgekommen.«

Bahira sprang auf, fasste Anna Wiesental an den Schultern und schüttelte sie heftig.

»Was redest du da, nicht zurückgekommen, Ceylin käme immer zurück, sie würde nie alleine weggehen.«

Behutsam nahm Anna Wiesental die Hände von ihren Schultern und drückte die junge Frau in das Leder der Couch.

»Und doch ist es so.

Nachdem wir für Ceylin die Strandsachen gekauft hatten, wollte sie diese unbedingt anprobieren.

Am Strand.

Alleine.

Sie wollte testen, ob der Bikini nicht zu viel von ihr preisgeben würde. Ich habe ihr gesagt, dass das keine gute Idee sei. Besser wäre es, sie würde warten, bis auch du deine Sachen hättest und ihr dann gemeinsam euer Stranddebüt geben könntet. Doch sie wollte nichts davon wissen. Sie müsste erst damit klarkommen, sich halbnackt in der Öffentlichkeit zu zeigen, meinte sie. Und das könnte sie nur, wenn sie alleine wäre. Schließlich haben wir uns darauf geeinigt, dass sie sich am Strand in der Nähe der Mutter-Kind-Klinik eine ruhige Ecke suchen sollte. Dort würde sie kaum auffallen. Lorenz und ich wollten in der Zeit ein paar Kleinigkeiten einkaufen und sie dann am Strand wieder abholen.«

Verzweifelt sah Anna Wiesental der Schönheit ihr gegenüber in die Augen.

»Als wir zurückkamen, war Ceylin nicht da. Ich war wütend, weil ich sie gebeten hatte, unbedingt auf uns zu warten. Nun, wir dachten, dass sie zum Schulungs-Center zurückgelaufen ist und haben Mia unsere Köchin angerufen. Sie hätte Ceylin ins Haus lassen müssen.

War aber nicht so.

Lorenz und ich bekamen Panik. Kilometerweit haben wir nach beiden Richtungen den Strand nach Ceylin abgesucht, doch keine Spur.«

»Das glaube ich nicht.«

Bahira sprang auf.

»Nie wäre Ceylin, ohne mir etwas zu sagen, weggegangen. Und wo sollte sie hier auf der Insel auch hin? Wir müssen sofort die Polizei verständigen.«

»Nein!«

Energisch stellte sich Anna Wiesental vor Bahira.

»Ihr habt noch keine Aufenthaltspässe, für die Polizei seid ihr Illegale, du würdest in irgendein Lager abgeschoben.

Willst du das?«

In Bahira arbeitete es, ihre Vergangenheit schlich sich in ihre Gedanken, sie hatte geglaubt, sie hätte es geschafft. Furcht überfiel sie. Schließlich schüttelte sie den Kopf.

»Natürlich will ich nicht abgeschoben werden, aber was können wir tun?«

»Wir können nur abwarten. Ich rufe meine Chefin an, sie wird uns sagen, was wir machen sollen.«

Schwer atmete Anna Wiesental durch.

»Hoffentlich schmeißt sie mich nicht raus. Ich hätte Ceylin nicht erlauben dürfen, alleine an den Strand zu gehen.«

»Wenn sie dich rausschmeißt, gehe ich mit dir«, murmelte Bahira und ging wie in Trance zu ihrem Zimmer.

Unter dem Pseudonym
Kim Lorenz
erschienen die ersten beiden Bände
um Hauptkommissarin Kathrin Hansen

EDUARD BLUM

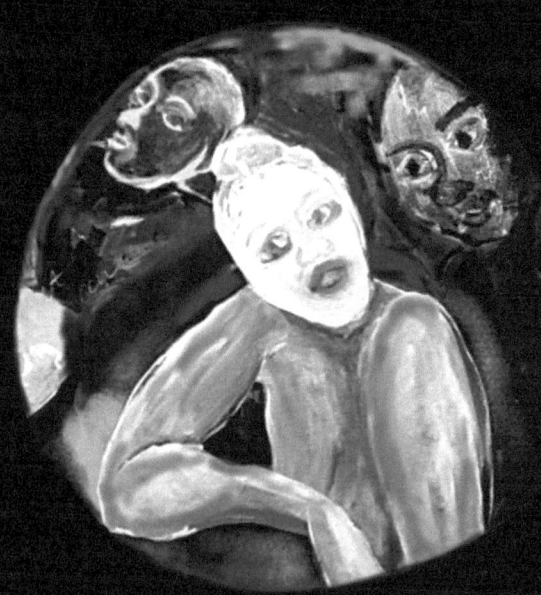

Bergisch
Kunst

Zum Buch

Unglaublich, in dem sonst so friedlichen Bergischen wird auf der Aussichtsplattform der weltweit bekannten »Krombacher Insel« ein Kunsthändler brutal ermordet. Sozusagen im Fokus der Öffentlichkeit. In Mafiamanier scheidet der Geschäftsführer eines angesehenen Auktionshauses in einem Nobelpuff unfreiwillig aus dem Leben. Doch damit nicht genug, der Amerikaner, der aus den USA angereist ist um die beiden Ermordeten zu treffen, verschwindet spurlos im Bergischen Nebel. Die Geschehnisse bringen Kareen Wagenknecht, Chefin der Kripo Gummersbach, so richtig auf die Palme. Sie ist dem Himmel dankbar, dass sie auf den ehemaligen Leiter der Kölner Mordkommission, Carl Blumberg, trifft. Seine Inspiration bringt sie immer dann weiter, wenn gar nichts mehr geht. Nur seine Alleingänge sieht sie je nach Lage mit einem lachenden oder einem tränenden Auge. Und Max, sein Hund, kann richtig sauer werden, wenn sein Leberwurstbrot nicht pünktlich auf den Tisch kommt.

. . . Knurren zog Max ihn auf die neu angelegte Aussichtsplattform. Wie angeschossen blieb Blumberg stehen, verdattert starrte er auf die Szene.

Auf einer Rastbank saß zusammengesunken eine schwarz gekleidete Gestalt. Regungslos, den Kopf auf die Brust gesenkt, die Arme rechts und links oben auf die Bank gelegt, machte sie den Eindruck einer schlafenden Person. Friedlich, unspektakulär, wenn da nicht der große dunkle Fleck auf der Erde gewesen wäre. Blumberg ging einige Meter näher und erkannte das Gesicht eines Mannes.

Das blasse Gesicht eines älteren Intellektuellen. Fein geschnitten, goldgerahmte Brille, weiße kragenlange Haare, schwarzer Anzug, hellblaues Hemd, rote Fliege. Nur das kreisrunde Loch in seiner Stirn passte nicht ganz zu dem feinen Eindruck. Mit zusammengekniffenen Augen betrachtete Blumberg die Hände des Toten. An die oberste Holzleiste der Bank mit Kabelbinder fixiert, waren sie nur noch blutige Klumpen. Das flaue Gefühl, das sich bei ihm bemerkbar machte, wurde stärker und die Brandlöcher in der Brust des Toten machten es auch nicht besser. Sekunden später wurde er abgelenkt durch den Land Rover, der auf den Rastplatz fuhr. Steinfeld kam gerade richtig. Blumberg hob den Arm und gab ihm ein Zeichen, dass er stoppen sollte, die Spuren am Tatort durften nicht zerstört werden. Steinfeld verstand sofort, hielt sein Auto an, stieg aus und blickte zu dem Toten hin.

Zu Hause angekommen entschloss sich Blumberg

etwas typisch Bergisches zu kochen. Seine Tante Frieda hatte ihm nicht nur ihr Haus, sondern auch einen Ordner mit alten bergischen Kochrezepten vererbt. Elsa kochte hin und wieder eines dieser Gerichte, sie schmeckten superlecker. Er sah nach, was an Naturalien vorrätig war, blätterte in den Kochrezepten und entschied sich für Bergischer Grünkohleintopf. Das ging schnell und er konnte direkt für zwei Tage kochen.

Bergischer Grünkohleintopf

... R e z e p t – Z u t a t e n

1 Tiefkühlpackung Grünkohl, ca. 500-600g, ½ Liter Fleischbrühe, 100g geräucherten rohen Speck, ½ Pfd. Kartoffeln, 2 Mettenden, Salz, Pfeffer, Muskat, ½ Zwiebel gewürfelt.

Er setzte den Grünkohl mit der Fleischbrühe auf, gab die gewürfelten Kartoffeln hinzu und würzte das Ganze mit Salz, Pfeffer und ein wenig Muskatnuss. Den Speck schnitt er anschließend in kleine Stücke, ließ ihn aus und schmorte ihn danach mit den Zwiebelwürfeln leicht an. Anschließend kamen der Speck und die Zwiebel zum Grünkohl hinzu. Die Mettenden schnitt Blumberg mehrmals ein und ließ sie kurz vor Ende der Garzeit im Grünkohl ziehen. Damit nichts ansetzte, rührte er öfters um und schmeckte mit Salz und Pfeffer nochmals ab. Fertig war das Ganze.

Pingelig bemüht, original zu kochen wie Tante Frieda,

hatte er doch eine dreiviertel Stunde gebraucht und deckte nun in Vorfreude auf das Essen den Tisch. Max war natürlich wie immer nicht aus der Küche zu schlagen. Dieser Hund war ein richtiger Fresssack und wenn sein Herr und Meister kochte, wusste er, dass auch für ihn mal wieder etwas Besonderes abfiel.

Blumberg nahm sich ein gut gekühltes Veltins aus dem Kühlschrank, füllte den Teller mit Grünkohl, legte daneben die Mettwurst und gab als Abrundung noch etwas scharfen Senf aus der Kölner Senfmühle dazu.

Dann ließ er es sich so richtig gut schmecken.

Schmunzelnd ignorierte er Max, der auf seinen beiden Hinterläufen hoch aufgerichtet jeden seiner Bissen mit bettelnden Hundeaugen verfolgte.

Es schmeckte vorzüglich und ihm wurde mal wieder bewusst, wie gut es ihm doch wieder ging. Monatelang hatte ihm während seiner Krankheit überhaupt nichts mehr geschmeckt. Letztendlich hatte er immer weniger gegessen, sein Gewicht sank um fünfundzwanzig Kilo, die Muskulatur wurde so schlapp, dass er fast Anwärter für einen Rollator geworden wäre. Nach der lebensrettenden Operation hatte er dann aber wieder die Kurve gekriegt.

Ja, Tante Frieda, dachte er, eigentlich bist du zur richtigen Zeit gestorben. Just in dem Moment, wo nach dem ganzen Schlamassel Elsa und ich beschlossen hatten, nur noch bewusst und ohne Hektik den Rest unseres Lebens zu genießen, hast du für immer friedlich die Augen geschlossen und mir dein wunderschönes Häuschen hier im Bergischen vermacht.

Er sah Max an und lachte lauthals über seine abstrusen Gedanken.

Zum einen hätte er seiner Tante noch viele Jahre Lebensfreude gewünscht und zum anderen wegen dem geerbten Häuschen. Von wegen Häuschen, dieses Haus war schon immer sein Traumhaus gewesen.

Am Rande von Nümbrecht gelegen, Fachwerk Bauweise, anderthalbgeschossig, einhundertfünfzig Quadratmeter Wohnfläche. Doppelgarage mit Satteldach, Grundstück über zweitausend Quadratmeter groß. Lage mit fantastischem Blick über das Bergische.

Max alleine hatte einen eingezäunten Gartenbereich in einer Größe, auf die in Zeiten fast unbezahlbarer Grundstückspreise andere Leute ein Haus einschließlich Umlage bauten.

Blumberg hatte immer gerne in Köln gelebt, in dieser wunderbaren Stadt voll pulsierenden Lebens. Rheinische Kultur, der Dom, der Rhein, die Altstadt. Und eine Geschichte, die schon in der Römerzeit ihre Fundamente hatte. Während seiner Zeit bei dem Ersten Mordkommissariat hatte er die Stadt in- und auswendig kennengelernt. Die Viertel, die Ur Kölner, den rheinischen Humor. Wenn er auf Mörderjagd war, war es seine Stadt gewesen und man hatte ihm den entsprechenden Respekt gezollt. Doch nach der Krebsgeschichte wollte er nur noch frische, gesunde Luft einatmen, ursprüngliche Natur erleben, Tiere beobachten oder einfach nur spazieren gehen.

Als sie ins Bergische zogen, war es für Elsa anfangs ein Kulturschock gewesen, doch dann war sie hingegangen, hatte sich in dem großen Haus eine Malwerkstatt eingerichtet und Kurse gegeben, die bald schon eine feste Institution wurden. Sie richtete eigene Ausstellungen aus und ging auf Seminarreisen. So hatte auch sie die Erfüllung ihres Lebens gefunden.

Über diese Entwicklung war er einfach nur glücklich. Jetzt auch noch dieser dicke Mordfall, das Leben war doch schön. Und Max bekam heute ein besonders großes Leberwurstbrot.

Nachdem er die Küche aufgeräumt hatte, legte er sich auf die Gartenliege und freute sich auf sein geliebtes Mittagsschläfchen. Aber er konnte nicht abschalten, er musste an den Toten auf der Rastbank denken, an den irrsinnigen Mord hier im Bergischen. Das war einfach nicht normal. Seine Gedanken wurden durch das Vibrieren des Handys unterbrochen.

Elsa meldete sich.

»Carl«, wie immer fiel sie direkt mit der Tür ins Haus. »Stell dir vor, hier in Bad Reichenhall im Seminar sind doch zwei Kursteilnehmerinnen, die aus dem Bergischen kommen.

Die Sofie und die Hilde.

Sofie Seinisch kommt aus Heddinghausen und ist eine ganz Nette. Mit der gehe ich abends immer in den Gasthof *Zum Ochsen* was essen. Der ist praktisch direkt um die Ecke der Salinen, du weißt ja, dort sind die Seminare. Wir quatschen ein bisschen, nach dem anstrengenden Tag ist das immer ein schöner Abschluss.

Aber die andere, die Hilde Dickes, die ist ja wohl so was von eingebildet, die erzählt nur von ihren Ausstellungserfolgen und wie viel Geld sie damit verdient. Dabei ist die nicht in der Lage, auch nur annähernd das gesetzte Tagesthema zu erreichen oder einen geraden Strich zu ziehen.

Und weißt du, was das Schärfste ist?«

Blumberg wusste nicht.

»Sie bringt immer ihren Mann mit, der ihr die Paletten säubert und die Leinwände bespannt, dabei schielt dieser geile Bock doch nur nach den Akt Models, egal ob Weiblein oder Männlein. Vielleicht brauchen die das ja, um mal wieder, na ja, du weißt schon, was ich meine.«

Blumberg hörte geduldig zu, er wusste, bei dieser Tonlage war Elsa nicht zu bremsen.

»Aber Carl, nun sag mal, wie geht es dir? Denkst du an deine Tabletten und trinkst du auch genug? Du weißt ja, was die im Krankenhaus gesagt haben.«

Blumberg, der dieses Thema nun gar nicht diskutieren wollte, bestätigte, dass er an alles denke, dass es ihm super ginge und ansonsten gäbe es auch nichts Neues. Den Mordfall hielt er wohlweislich zurück. Elsa kannte ihn gut genug, um zu wissen, dass er dabei nicht außen vorbleiben würde. Während sie noch darüber diskutierten, ob er nach Reichenhall kommen sollte, um dort bis zu ihrem Seminarende einige Tage Urlaub zu machen, sah er im Display ein eingehendes Gespräch.

EDUARD BLUM

Bergisch
Beute

BLUM KRIMI

Zum Buch

Eigentlich hätte ein Toter gereicht. Kareen Wagenknecht, Chefin der Kripo Gummersbach, stellt da keine großen Ansprüche. Doch wer auch immer das Opfer aufgeschlitzt, ausgenommen und öffentlich abgelegt hat, sieht das wohl anders. Der flotte Spruch: »Ein Mal ist kein Mal«, wird mordsmäßig umgesetzt. Es wird fleißig Beute gemacht. Immer tiefer geraten Wagenknecht und ihr Team in den Sumpf, der klammheimlich unter der idyllischen Oberfläche des Bergischen dümpelt. Mord, skrupelloser Organhandel, Erpressung, alles vom Feinsten. Als dann noch Carl Blumberg beim Bierchen im Kölner Früh von seinem alten Kumpel erfährt, was für durchgeknallte Killer ihre Finger nach dem Bergischen ausstrecken, schmecken dem ehemaligen Chef der Mordkommission Köln selbst die leckeren Sauren Nierchen nicht mehr. Aber für ihn und Max, seinem Polizeihund in Rente, ist es Ehrensache, dass sie da noch ein Wörtchen mitreden werden.

1

Reichshof

»Nun seht euch diese Sauerei an.« Caro Klein hob die Flasche in die Höhe, die bis zum Gummistopfen mit dunklem Blut und einem schleimigen Etwas gefüllt war. Die Pathologin verfolgte den dünnen Schlauch der Sekretflasche bis zu der Öffnung, wo er im Bauch des Toten verschwand.

»Das glaube ich hier alles nicht, ich sollte meinen Job hinschmeißen«, brummelte sie.

Frustriert blickte sie die Hauptkommissarin an.

»Kareen, sieh dir das hier an, der Knabe war schätzungsweise gerade mal zwanzig Jahre alt, und dann so einen Tod, das ist doch einfach nur irre.«

»Was meinst du, ist passiert?«

»Er wurde operiert, ihm wurde eine Niere entfernt.«

»Und dann hat er aus welchem Grund auch immer das Krankenhaus zu früh verlassen und hat das nicht überstanden«, sinnierte Wagenknecht.

»Falsch, Kareen, ganz falsch.«

»Wie meinst du das?«

Wagenknecht wurde es flau im Magen. Mit einem Schlag wusste sie, dass hier etwas ganz Irres geschehen war. Mit einer tiefen Falte auf der Stirn schüttelte die Pathologin den Kopf.

»Er ist in keinem Krankenhaus operiert worden«, erklärte Klein, »das hier war Organraub.«

»Caro sag, dass das nicht wahr ist«, flehte Wagenknecht.

»Doch, das ist so. Ich denke, er wurde trotz allem sauber operiert. Für eine Transplantation muss das Organ ja in Ordnung sein. Aber das war es dann auch schon. Mit einer Weiterversorgung des Patienten war da nichts mehr. Hier wurde nach dem Motto: Gekascht, gefilzt und zugemacht, gearbeitet. Und Kareen, es waren Ärzte am Werk, die in der schnellen Chirurgie zu Hause sind.«

Es dauerte eine Weile, bis Wagenknecht bereit war, die Tatsache zu akzeptieren.

»Caro, wenn du recht hast, ist hier keiner mehr sicher«, stöhnte sie und blickte auf das junge Gesicht des Toten. Auf den nackten Körper, den man angelehnt an einen Glascontainer gefunden hatte. Ihr Blick wanderte weiter über die abgestellten Fahrzeuge auf dem Pendlerparkplatz. Ob ihre Besitzer den Mut haben würden, weiterhin hier zu parken? Der Tod hatte diesem Ort einen Makel aufgedrückt, einen Makel, der noch lange in den Köpfen der Menschen herumspuken würde.

»Eigentlich unvorstellbar, wie das hier überhaupt passieren konnte«, überlegte sie laut. »Diese Ecke ist doch quasi ein Drehkreuz und dementsprechend ist hier immer viel los. Ob der Verkehr aus Wiehl, Reichshof oder von der Autobahn A4 kommt, alle müssen den Kreisel hier vor Brüchermühle umfahren. Und der Parkplatz liegt direkt gegenüber.«

Entschlossen winkte sie Henny Strassfeld zu sich und zeigte auf die parkenden Autos.

»Henny, bitte gib sofort die Kennzeichen der Autos durch. Wir müssen wissen, ob eines dem Toten gehört. Alle Halter, die etwa in seinem Alter sind, sofort ermitteln. Wird da einer vermisst, haben wir seine Identität. Und bis dahin wird kein Pendler an sein Auto gelassen.«

»Na, das gibt ja wieder einen Zirkus«, brummte Strassfeld und marschierte zu seinen Kollegen.

Für die Nachmittagsbesprechung hatte Wagenknecht ihr Team zusammengetrommelt. Der Tote vom Pendlerparkplatz hatte Priorität.

»Heike, was ist der aktuelle Stand?« Angespannt sah Wagenknecht auf den Laptop der Oberkommissarin.

»Wir haben die Identität des Toten. Er heißt Ingo Kleinjahn, ist einundzwanzig Jahre alt und ihm gehört ein VW Golf mit Gummersbacher Kennzeichen. Kleinjahn war ein typischer Pendler. Er fuhr immer mit einem Heiner Kohlstatt nach Köln. Dort arbeitete Kleinjahn bei der Heimstätter Versicherung. Und es ist so, wie Caro gesagt hat. Laut Obduktion wurde Kleinjahn eine Niere entfernt, es wurde sauber operiert, jedoch entstand im Operationsgebiet eine Blutung. Normalerweise nicht gravierend, nur hätte sie sofort gestoppt werden müssen. Doch die Schweine haben ihm eine Sekretflasche angehängt, ihn zugemacht und abgelegt. Und gut war es.«

»Wahnsinn. Organraub, wie in den 80iger Jahren«, kommentierte Wagenknecht. Sie bemerkte die fragenden Blicke ihrer Leute, Aufklärung war angesagt.

»Also, zu eurer Info: Damals fing es an, dass sich

immer mehr Kliniken an Transplantationen heranwagten. Dementsprechend kam der Organhandel so richtig in Schwung. Aber wie bei jeder Sache, wo viel Geld zu verdienen ist, wussten kriminelle Elemente das schnell zu nutzen. Es bildete sich ein Schwarzmarkt. Ein Markt, auf dem menschliche Organe als Ware angeboten wurden.

Und das lief dann so ab: Zu der Zeit konnte man in Holland noch billig einkaufen. Leute aus dem deutschen Grenzgebiet fuhren nach Venlo, um Schnäppchen zu ergattern.«

»Wieso Holland?«, fragte Schlösser, ihr Vize.

»Genau dort hatten sich die ersten Gangs organisiert, die sich auf den neuen Markt spezialisiert hatten. Die Beneluxstaaten waren im Gegensatz zum übrigen Europa bereits eng verzahnt. Die Wege von einem Land in das andere waren zeitlich kurz, die Spuren schnell verwischt. In diesem Länderdreieck wurden kleine, illegale Kliniken aufgebaut, in denen sich Leute für viel Kohle transplantieren lassen konnten.«

»Aber warum sind die nicht in die regulären Kliniken gegangen?«, fragte Heike Bachem.

»Ganz einfach«, Wagenknecht zeigte auf die Karte an der Wand. »Der Bedarf in diesen Ländern und in Deutschland war damals schon groß. Nur, wie gesagt, es gab kaum Kliniken, die sich an Transplantationen heranwagten. Zudem gab es nicht genug Organspender.«

»Okay, Kareen, aber wie kamen diese illegalen Kliniken an die Patienten?«, warf Strassfeld dazwischen. »Ich gehe mal davon aus, dass sie nicht gerade Werbung gemacht haben.«

»Doch, haben sie! Werbung unter der Hand, Henny. Damals wurde viel Geld unter korrupte Diagnoseärzte verteilt. So nach dem Motto: Für jeden Patienten, den du mir bringst, bekommst du ordentlich Bares.«

»Und wie kam die Bande an die Opfer?« Alleine bei der Vorstellung bekam Heike Bachem schon eine Gänsehaut.

Wagenknecht wandte sich der Karte zu und tippte auf die Grenze zwischen Deutschland und Holland.

»Was da gelaufen ist, glaubt ihr nicht. Wie ich schon sagte, hier in den holländischen grenznahen Einkaufszentren lauerten die Organkiller.

Leute, das am helllichten Tag!

Der dramatischste Fall, der mir bekannt ist, lief so ab: Auf dem Parkplatz eines Einkaufszentrums stand ein Kastenwagen, der auf seinen Außenflächen Werbung für ein gesundes Fruchtgetränk machte.

Ansprechend, werbewirksam.

Anstatt gesunde Frucht befand sich im Innern jedoch ein hochmoderner OP. Steril, mit allem drum und dran.«

»Sagen Sie jetzt nicht, die hätten dort auf dem Parkplatz operiert.« Kriminalassistent Wolfsbach starrte sie ungläubig an.

»Doch. In dem Einkaufszentrum hat die Bande sich die Opfer herausgepickt. Gesunde, junge Menschen. Die haben sie sich geschnappt und in den LKW bugsiert. Dort kamen sie sofort unters Messer.

Anschließend wurden sie im eigenen PKW abgelegt. Etwa in der Verfassung, wie wir Kleinjahn gefunden haben.«

»Wahnsinn, das ist doch Wahnsinn.«

Heike Bachem starrte in die Runde.

»Stellt euch mal vor, Nachahmungstäter ziehen diese Sauerei jetzt auch bei uns durch. Dann können wir hier einpacken.«

»Genau, Heike!«

Wagenknecht zeigte durchs Fenster nach draußen.

»Für unser Bergisches wäre das der Tod. Hier würde sich doch kein Tourist, und wäre es auch nur für eine Wandertour, mehr hinwagen. Unser guter Ruf wäre für lange Zeit, für eine ganz lange Zeit, zum Teufel. Aber nicht nur das«, Wagenknecht blickte in die Runde. »Auch jeder von uns hier könnte geschnappt werden, oder einer aus unserer Familie.«

»Scheiße.«

Schlösser konnte sich nicht zurückhalten.

»Gerade jetzt lungern meine Töchter in ihrem pubertären Wahnzustand mehr draußen herum, als dass sie zu Hause sind. Geradezu die ideale Beute für solche Organkiller. Mein Gott, ich darf gar nicht darüber nachdenken.« Automatisch nahm er sein Handy aus der Hosentasche und scrollte die eingegangenen Nachrichten.

»Martin, bitte keine Panik, wir müssen die Nerven behalten«, versuchte Wagenknecht ihn zu beruhigen.

»Und noch etwas. Kriminalrat Schneider hat eine Nachrichtensperre verhängt. Die Medien bleiben draußen. Zudem wird ab sofort Köln über unsere

Ermittlungen informiert. Dort vermutet man Parallelen zu ähnlichen Fällen. Zuständige Dienststelle ist die von Kollege Keller.«

Wagenknecht grinste in die Runde.

»Mein spezieller Freund. Dass ich Keller mal gedroht habe, ihm die Klötze abzureißen, hat im Präsidium wohl die Runde gemacht. Zuletzt ist mir dort ein Spaßvogel begegnet. Als er mich sah, hielt er sich die Hand vor den Schritt und machte feixend einen Bogen um mich. Aber egal, jetzt weiß Keller wenigstens, woran er mit uns ist. Heike, du hältst Kontakt zu ihm.«

»Na super.« Heike Bachem verdrehte die Augen.

»Und dann noch etwas.«

Wagenknecht bekam jetzt noch Wut, wenn sie darüber nachdachte.

»Irgend so ein ganz Schlauer aus der Kölner Chefetage hat sich Kriminalrat Schneider gegenüber geäußert, ob wir hier in der Provinz mit dem Mord in Sache Organraub nicht überfordert wären. Ob das für uns ein nicht zu großes Ding wäre. Nun, ihr kennt ja unseren Chef. Schneider hat den Typ wohl richtig angeschissen.

Aber«, Wagenknecht sah ihre Leute ernst an. »Das sagt uns auch: Wir stehen im Fokus.«

»Na toll«, kommentierte Heike Bachem und wandte sich an ihren Kollegen Wolfsbach.

»Gernolf, du musst mal deinen alten Herrn im Innenministerium informieren, was die Oberen hier von uns halten. Das ist ja eine Unverschämtheit.«

Heike Bachem war richtig sauer. Wolfsbach sagte

nichts, gab ihr aber im Stillen Recht. Was ihn etwas aus der Fassung brachte war die Tatsache, dass seine Kollegin ihn das erste Mal mit Vornamen angesprochen hatte. Und das in einem Tonfall, der ihm unter die Haut ging. Sonst war er doch für sie immer der Idiot gewesen, der im Bett seiner damaligen Tussi über Dienstliches gequatscht hatte. Verstohlen blickte er zu ihr hin und hätte was darum gegeben, wenn er mit ihr jetzt hätte alleine sein können.

»Wieder zur Sache.«

Wagenknecht wurde ungeduldig.

»Heike, was ist mit dem Mitfahrer von Kleinjahn, mit diesem Heiner Kohlstatt? Hat er an dem Tag Kleinjahn getroffen?«

»Negativ. Kohlstatt war an dem Tag krank. Auch keiner der anderen Pendler hat Kleinjahn gesehen. Und sein Golf ist auch keinem aufgefallen.«

»Was sagt die Firma über Kleinjahn?«, fragte Schlösser.

»Laut seinem Abteilungsleiter hat er an diesem Tag unentschuldigt gefehlt. Etwas, das noch nie vorgekommen ist.« Missmutig zuckte Heike Bachem mit den Schultern. »Mehr wissen wir noch nicht.«

»Das ist ja richtig viel«, meinte Strassfeld lakonisch. »Keiner hat was gesehen, keiner hat was gehört, keiner weiß etwas.

Nichts.

Eine tolle Ausgangslage.«

2

Waldbröler Markt

Wie immer an Markttagen war vormittags durch die Waldbröler Innenstadt kein Durchkommen. Chaos war angesagt. Aber an diesem Tag, es war sommerliches Wetter, Ostern stand vor der Tür, war geradezu die Hölle los.

Martine Klasing hätte sich die Fahrt zum Vieh- und Krammarkt gerne erspart. Aber nur dort bekam sie die besten Hähnchen. Bei dem Händler aus dem Münsterland war die Ware garantiert schlachtfrisch. Für den Abend hatte sich Doro angesagt, die Frau, mit der sie seit einigen Monaten liiert war. Sie freute sich auf die schönen Stunden, mit einem guten Essen und einem trockenen Wein aus der Pfalz. Zudem mussten sie für ihre erste gemeinsame Wohnung noch die Dekoration aussuchen. Es war höchste Zeit. Einzugstermin war in einem Monat.

Mit ihren sechsundvierzig Jahren war ihre Lebensgefährtin glatte zwölf Jahre älter als sie, hatte eine traumhaft gestraffte Figur und eine wahnsinnig rauchige Stimme. Doro verbreitete Ruhe und Geborgenheit. Bei ihr konnte Martine Klasing sich fallen lassen. Als sie auf dem Parkplatz des neuen Einkaufszentrums einen Parkplatz ergattern konnte, hätte sie vor Freude jubeln können. Ein in die Jahre gekommener Opel Astra scherte in einem nervenden

Zeitlupentempo aus der Parklücke. Geduldig wartete sie und blickte über den riesigen Parkplatz. Wie immer hatten sich einige Blödmänner so hingestellt, dass es für manche Fahrzeuge fast unmöglich sein würde, aus ihren Parktaschen herauszukommen.

Längs des Geländes registrierte sie die Lieferfahrzeuge der Händler. Neben rostigen Kleintransportern standen große, luxuriöse Kastenwagen mit toller Werbung auf den Wandflächen. Alle boten die besten Produkte, die kleinsten Preise und natürlich den besten Service an. Auch in dieser Branche öffnete sich die Schere zwischen Arm und Reich immer weiter, ging es ihr durch den Kopf. Ein Trend der Zeit.

Sie parkte ein, überzeugte sich, ob sie die Geldbörse sicher eingesteckt hatte, blickte nochmals prüfend in den Innenspiegel und machte sich auf den Weg zum Markt. Offensichtlich stand ihr die Vorfreude auf den Abend ins Gesicht geschrieben. Amüsiert bemerkte sie wie einige Männer sie länger als nötig anblickten.

Zielstrebig steuerte Martine Klasing die ausgewählten Verkaufsstände an und hakte die Einkaufsliste nacheinander ab. Wie so oft war es ein kleines Erfolgserlebnis. Sogar der Weinhändler versprach ihr einige Kisten Wein nach Hause zu schicken, etwas, das er ansonsten grundsätzlich nicht machte. Zwei Flaschen Wein nahm sie gleich mit.

Am Ende der Tour ging sie noch zu dem Gemüsehändler aus der Voreifel. Bei ihm bekam sie frisch geerntetes Gemüse, das auch ohne Biolabel den Geschmack hatte, wie sie ihn aus ihrer Kindheit her kannte. Damals hatte ihre Oma auf dem Land oft für die Familie gekocht. Da gab es nur Frisches aus dem Garten oder vom Bauern von nebenan.

Brav dankte Martine Klasing für den Apfel, den der nette Händler ihr mit einem schönen Gruß an ihren Mann schenkte. Dann reichte es ihr aber auch. Der Einkaufskorb war schwer und der gut gefüllte Jutebeutel machte es auch nicht leichter. Zudem hasste sie es, keine Hand frei zu haben. Zu oft war sie im Gewühl von widerlichen Typen begrapscht worden.

Erleichtert erreichte sie nach wenigen Minuten das Parkplatzgelände. Da sie so ziemlich in der letzten Reihe parkte, ging sie außen entlang, um sich nicht zwischen den Fahrzeugen hindurchzwängen zu müssen. Einige Lieferfahrzeuge hatte sie bereits passiert als sie erschrocken eine Person bemerkte, die gegen einen hochmodernen Kastenwagen lehnte. Zusammengekrümmt stöhnte sie vor sich hin. Viel konnte Martine Klasing nicht erkennen. Ein weiter, schwarzer Mantel verdeckte die Konturen der Person, der obere Teil des Gesichtes wurde von einem Kopftuch verhüllt.

»Gott noch, was ist das«, murmelte Martine Klasing. Automatisch kramte sie in ihrem Gedächtnis nach der Notrufnummer und ging auf die Person zu.

»Hallo, kann ich Ihnen helfen?«, sagte sie und versuchte etwas von dem Gesicht zu sehen.

Dann geschah alles blitzschnell.

EDUARD BLUM

Masken
Tanz

BLUM KRIMI

1. KAPITEL

Während seine Hände rastlos mit den Holzfiguren spielten, hörte er angespannt zu, was an den Nebentischen erzählt wurde. Mit den Fingerspitzen fuhr er über die grob geschnitzten Formen und die Wirtin, die ihm den Wein brachte, blickte entsetzt auf zwei menschliche Körper. Hastig bekreuzigte sie sich, kehrte verwirrt zum Spültrog zurück und putzte mit roten Flecken im Gesicht Unheil ahnend die Krüge.

Fagoth Taklohs Augen glühten hinter der Maske. Seine Sinne schmerzten, so intensiv spürte er ihre Nähe. Heute würde sie kommen, das Blut sagte es ihm. Er presste mit den Händen so intensiv die hölzerne, weibliche Figur, als ob er sie zum Leben zwingen könnte. Dabei entging seiner Aufmerksamkeit keines der lautstark geführten Gespräche. Immer wieder wurde der Mut des jungen Herzogs gelobt, der mit der Herrschaft des Papstes im Land Schluss gemacht und die von Rom eingesetzten Bischöfe zum Teufel gejagt hatte. Es hieß, Roger von Rochefort würde selbst gegen Rom ziehen, wenn der Papst sich ihm entgegenstellen sollte. Nach einer Weile warf Fagoth Takloh enttäuscht über das unnütze Warten missmutig eine Münze auf den Tisch und wollte sich gerade erheben, als die Schanktür aufgestoßen wurde und drei Fremde den Wirtsraum betraten.

Ein gedrungener, mit einem gebogenen Kurzschwert bewaffneter Mann warf prüfend seine Blicke durch den Raum. Seinem Auftreten nach war er wohlhabend und es gewohnt, dass seinen Wünschen entsprochen wurde. Seine beiden Dienstknechte traten zur Seite und nahmen die letzte eintretende Person schützend in ihre Mitte.

Fagoth Takloh stieß einen Seufzer aus, gebannt blickte er auf die verhüllte Gestalt. Er hatte es gewusst, sie war gekommen, wie die Sterne es vorher gesagt hatten. Durch die schweren Umhänge konnte er die Körperformen nur erahnen, doch als sie die Kapuze zurückschlug, nahm er jedes ihrer Merkmale gierig in sich auf. Ihr Gesicht mit den großen, weit auseinanderstehenden Augen, der ausdrucksstarken Nase und der breite sinnliche Mund, spiegelte verführerisch die Frau in ihr wider. Er stöhnte auf, bald würden seine Träume Wirklichkeit werden.

Seine Finger glitten wieder über die weibliche Holzfigur, während der Schweiß ihm ätzend in den Augen brannte. Er verfluchte den Zwang der Maske und sah gebannt zu der Gesellschaft hin.

Aufgebracht sah Ripold Debieux den Wirt an.

»Es kann doch nicht sein, dass in der ganzen Stadt keine Unterkunft zu finden ist. Ich zahle, was ihr verlangt.«

2. KAPITEL

Ungläubig starrte Martin auf das alte Dokument.

»Ketzerei, das ist gottlose Ketzerei«, murmelte er aufgewühlt und las nochmals die letzten Zeilen. Dem Bibliothekar schien nicht bewusst zu sein, was für ein brisantes Schriftstück er ihm zum Übersetzen gegeben hatte. Sein Blick blieb an dem Abschnitt hängen, in dem die Byzantiner die Römer anklagten, dass sie aus ihren Reihen einflussreiche Adelige durch Intrige und Mord zum Papst erhoben hatten.

Martin stieß so laut die Luft aus, dass der Pfeifton die Stille des Skriptorium entweihte. Wenn das stimmte, war die Heiligkeit des Papstes nur verlogener Schein, fuhr es ihm durch den Kopf. Verwirrt und neugierig zugleich, konnte er es kaum erwarten, was die nächsten Zeilen für Ungeheuerlichkeiten preisgeben würden. Hastig tauchte er die Schreibfeder in das Tintenfass, als das helle Läuten der Klosterglocke ihn zur Andacht rief. Schon wieder Komplet, stöhnte er in sich hinein, das passte ihm jetzt gar nicht. Wenigstens noch eine Zeile wollte er übersetzen, als er erschrocken zusammen zuckte. Erstaunt blickte er den Mönch an, der geräuschlos ins

Skriptorium gekommen war und seine Hand mit der Schreibfeder niederdrückte.

»Martin«, sagte Bruder Clausus leise, »du wirst deine Arbeit für eine Weile unterbrechen müssen.«

Nichts Gutes ahnend blickte Martin in das runde, rötliche Gesicht des alten Klosterbruders. Ausgerechnet jetzt, wo er Dinge zu lesen bekam, die er vielleicht niemals mehr erfahren würde, sollte er die Arbeit abbrechen.

»Morgen früh wirst du dich auf den Weg nach Clervaux machen und dich dort in der Kanzlei des Herzogs melden«, erklärte der Mönch.

Ungläubig starrte Martin ihn an, er konnte nicht glauben, was Clausus da von sich gab.

Die rundliche Gestalt in der grob gewebten Kutte blickte ihn aufmunternd an.

»Herzog von Rochefort hat nach dem Tod seines königlichen Onkels eine Menge neuer Verordnungen erlassen, die sofort geschrieben werden müssen. Dazu braucht seine Kanzlei zusätzliche Schreiber aus den Klöstern. Auch uns hat man aufgefordert zu helfen, und da Cacharius krank ist, musst du die Aufgabe übernehmen.« Sorgenvoll stieß Clausus einen Seufzer aus. »Ich hoffe, du bist dir darüber bewusst, welche Verantwortung du trägst. Wenn der Herzog mit deiner Arbeit nicht zufrieden ist, wird unser Kloster es zu spüren bekommen und das würde dem Abt gar nicht gefallen.«

Martin konnte es immer noch nicht glauben. Zum ersten Mal in seinem Leben durfte er das Kloster verlassen und die Welt außerhalb der Mauern kennen lernen. Einmal andere Gesichter sehen, als immer nur die faltigen, ernsten Mienen in den grauen Kutten. Als ob der alte Mönch seine Gedanken erraten hätte, hob er den Zeigefinger und sah ihn mahnend an.

»Aber denke daran, dich von allen Versuchungen fernzuhalten, auch draußen musst du in Demut leben. Bis zur Stadt wird dich Bruder Franziskus begleiten, er hat auf dem Markt einiges einzuhandeln.«

Ohne weitere Erklärungen wälzte Clausus seinen mächtigen Körper träge durch den Raum und löschte mit Seufzen und Stöhnen die Kienspäne in den Wandhalter.

In Martins Kopf überschlugen sich die Gedanken. Erst die ungeheuren Anschuldigungen aus Byzanz gegen Rom, und nun die seit Langem erträumte Möglichkeit, einmal das Kloster verlassen zu können. Er spürte, wie Tränen der Freude über sein Gesicht liefen. Schnell wischte er sie weg, reinigte sorgfältig die Schreibfeder, verschloss das Tintenfass und rollte knitterfrei das alte Pergament ein. Entschlossen schob er dann alle Gedanken an den brisanten Inhalt beiseite. Auffordernd drängte sich wieder das Läuten der Klosterglocke in sein Bewusstsein und den Kopf voller Gedanken lief er zur Kapelle.

Noch vor der Morgendämmerung spannten sie den Maulesel vor den Holzkarren und brachen auf. Nach einer unruhigen Nacht schritt Martin aufgewühlt neben Franziskus her, er konnte es kaum erwarten, das Leben außerhalb der Abtei kennenzulernen. Außer zu den Klosterbrüdern fehlte ihm jegliche

Beziehung zu anderen Menschen. Eine Familie konnte er sich nur schwer vorstellen und bei dem Gedanken an eine Frau überfiel ihn geradezu Panik.

Nach einer Weile erreichten sie den breit ausgefahrenen Handelsweg und sie kamen ohne Störungen schnell voran. Gegen Mittag überholte sie eine Gruppe grölender Reiter, die sie ein faules Kuttenpack nannten. Franziskus beeindruckte das wenig, aus Erfahrung wusste er, dass sich so manch gottloses Gesindel in der Gegend herumtrieb.

Es war schon spät am Nachmittag als Martin bemerkte, dass der alte Mönch sorgenvoll die schwarzen tief hängenden Wolken betrachtete. Franziskus hatte sich vorgenommen, noch in der Nacht die Stadtmauer von Clervaux zu erreichen. Früh morgens, wenn die Tore geöffnet wurden, wollte er als erster auf dem Markt sein, um die besten Tuchwaren ergattern zu können.

Das Wetter prophezeite etwas anderes. Schon Minuten später goss es wie aus Kübeln geschüttet. Schlagartig wurde es kälter und schon bald froren sie in ihren klatschnassen, tief herabhängenden Kutten.

»Wenn wir uns nicht die Lungenpest holen wollen, müssen wir sehen, dass wir eine Unterkunft finden«, brüllte Franziskus gegen den peitschenden Regen an.

Zum Glück erreichten sie kurz darauf eine große heruntergekommene Holzhütte. Eiligst lösten sie das Maultier vom Wagen, rieben es mit Stroh aus dem Sack trocken, und banden es unter dem durchlöcherten Vordach fest. Damit sie bei dem prasselnden Regen in der Hütte gehört wurden, hämmerte Martin kräftig gegen das Tor. Trotzdem verging eine Ewigkeit, bis ein mürrisches Gesicht öffnete. Der Wirt musterte sie von oben bis unten, wobei seine Miene noch verdrießlicher wurde. Von ihrem Besuch schien er nicht allzu begeistert zu sein.

»Wenn es dann sein muss«, meinte er schließlich, »könnt ihr eure Sachen trocknen. Es gibt aber nichts zu essen und«, er grinste verschlagen, »ich habe schon eine Gesellschaft, ich hoffe, ihr kommt miteinander aus.«

Franziskus rang sich zu einer freundlichen Erwiderung durch und zwängte sich an ihm vorbei in die Hütte. Demütig den Kopf gesenkt, folgte Martin wortlos.

»Oh Gott, verzeih mir, ich glaube, wir sind in die falsche Hütte eingekehrt«, hörte er dann Franziskus mit belegter Stimme rufen. »Das hier ist eine sittenlose Gesellschaft.«

Jetzt sah auch Martin, was der Mönch meinte. Um das Feuer saßen Männer und Frauen, die ihre Kittel und Umhänge zum Trocknen über eine gespannte Leine gehängt hatten. Er starrte auf das Geschehen, während Franziskus sich bereits nach einer anderen Lagermöglichkeit umsah. Doch es gab nur den einen Raum, in dem es stark nach Schweiß und sauren Essensresten stank.

»He, ihr zwei Mönchlein, kommt her und wärmt euch mal richtig bei uns auf«, rief eine schon ältere Frau ihnen zu. Dabei machte sie solch einladende Bewegungen, dass Martin ihre langen Brüste wie die Klöppel der Klosterglocken pendeln sah. Hastig drängte Franziskus ihn in die hinterste Ecke des Raumes.

»Uns bleibt nichts anderes übrig, als hier zu bleiben, bis die Kutten trocken sind«, meinte er aufgebracht. »Aber ich versuche zwei Decken zu bekommen.« Tatsächlich kam er kurze Zeit später mit zwei dreckigen, verfilzten, aber immerhin trockenen Decken zurück. Erleichtert zogen sie ihre nassen Kutten aus und legten sich die Decken um. Es dauerte dann noch eine Weile, bis es am Feuer ruhig wurde und sie todmüde einschliefen.

Schon in aller Herrgottsfrühe nahmen sie die noch feuchten Kutten von der Leine, zogen sie an und verließen die sündige, aber doch immerhin wärmende Hütte.

»Unserem Herrn sei gedankt, dass wir die Stätte der Sittenlosigkeit heil überstanden haben«, betete Franziskus dann auch gleich mehrmals hintereinander. Martin nickte zustimmend, wobei er an die mahnenden Worte von Bruder Clausus denken musste. Er ahnte, dass es nicht leicht sein würde, den weltlichen Versuchungen zu widerstehen.

Eduard Blum
ist in Köln geboren
und lebt heute in Wiehl,
im Oberbergischen.
Als unabhängiger Autor
veröffentlicht er seine
Romane im Selbstverlag.

Titel:
Bergisch Kunst, Bergisch Beute,
Bergisch Sünde, Maskentanz,
Langeoog Haie, Langeoog Tod,
Langeoog Blut.

Langeoog Tod und
Langeoog Blut
sind unter dem Pseudonym
Kim Lorenz erschienen.